Die Gaben des Körpers

Transfer Europa XXI

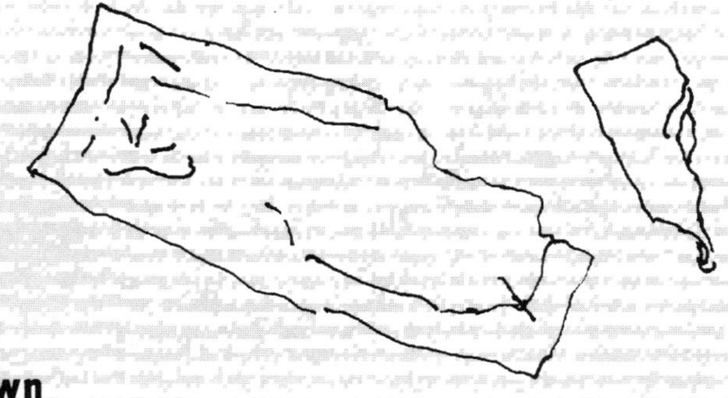

Rebecca Brown

Die Gaben des Körpers

Roman

Aus dem Amerikanischen
von Christa Schuenke

Folio Verlag

Titel der Originalausgabe:
The Gifts of the Body

Die Zeichnung auf dem Umschlag stammt von Paul Thuile

Lektorat: Wolfgang Astelbauer

Graphische Gestaltung: Dall'O & Freunde
Druckvorbereitung: Graphic Line, Bozen
Druck: Dipdruck, Bruneck

ISBN 3-85256-114-0

[Inhalt]

[Die Gabe Schweiss]

Zu Rick ging ich jeden Dienstag- und Donnerstagvormittag. Normalerweise rief ich vorher an und fragte, ob ich ihm noch was mitbringen soll von unterwegs. Er sagte immer, er braucht nichts, aber dann war ich einmal, ich hatte noch nicht gefrühstückt, ein paar Querstraßen vor seinem Haus in den kleinen Laden an der Ecke gegangen und hatte mir eine Zimtschnecke holen wollen und nahm zwei, eine für ihn. Ich hab gar nicht damit gerechnet, daß er sie ißt, er war ja so biomäßig drauf. Er hatte doch diesen irren Garten direkt neben seinem Apartment, wo er Tomaten und Zucchini und Karotten angebaut hat, und gebacken hat er auch alles selber. Außerdem hatte ich noch zwei große Milchkaffees gekauft. Wenn er keine Schnecke abhaben wollte, konnte ich sie auch alle beide essen. Aber als ich dann zu ihm kam und ihn fragte, ob er schon gefrühstückt hat, und ihm zeigte, was ich mitgebracht hatte, da hat er ein richtiges Freudengeheul losgelassen. Diese Zimtschnecken ißt er für sein Leben gern, hat er gesagt, und daß er früher jeden Sonntagmorgen in den Laden gegangen ist. Er hat sich immer beeilt, damit er da war, wenn sie frisch aus dem Ofen kamen, und dann hat er sich die besten ausgesucht, die aus der Mitte vom Blech, die besonders weich und klebrig sind. Damit hat er sich am Sonntag immer verwöhnt, weil das nicht gerade sein bester Tag war.

Wenn ich ihn danach anrief, bevor ich mich auf den Weg machte, und fragte, ob ich ihm was mitbringen soll, hat er auch immer erst nein gesagt, und ich darauf: „Auch nicht das Übliche?“ Damit waren die Schnecken und der Kaffee gemeint. Und dann hat er gesagt, ach doch, das wäre toll.

Und darum hab ich mich gewundert, als ich ihn eines Morgens anrief und fragte, ob ich „das Übliche“ mitbringen soll, und er nein sagte.

„Heute keinen süßen Sachen!“ sagte er. Er hörte sich richtig aufgekratzt an. „Komm einfach her, wenn ich dich hab, hab ich genug Süßes. Ich hab ’ne Überraschung für dich.“

Okay, sagte ich, ich bin gleich da. Und dann hab ich rasch noch einen Schluck Kaffee getrunken und die Pizza von gestern abend alle gemacht und bin los. Eine halbe Stunde später war ich bei ihm.

Ich hab immer geklopft. Wenn er da war, rief er dann jedesmal: „Hallo! Augenblick!“ und kam und ließ mich rein. Er hat eine Weile gebraucht, bis er an der Tür war, aber es hat ihn so glücklich gemacht, daß er selber öffnen konnte, es hat ihn so glücklich gemacht, daß er noch zu Hause wohnen konnte. Wenn er nicht daheim war, hab ich selber aufgeschlossen und bin rein und hab den Zettel gelesen, den er mir hingelegt hatte – daß er mit jemandem verabredet ist oder so oder ob er irgendeinen besonderen Auftrag für mich hat. Ich hab dann geputzt und den Haushalt in Ordnung gebracht. Manchmal fand ich es ganz schön, allein dort zu sein. Dann konnte ich ihm die eine oder andere Überraschung bereiten, ihm ein Briefchen unters Kopfkissen legen oder seine Aufziehpuppen anders hinstellen, so daß sie sich küßten, lauter so alberne Sachen halt. Rick liebte Überraschungen.

Doch als ich an diesem Morgen klopfte, kam er ewig nicht an die Tür. Dann hörte ich, wie er zu rufen versuchte, aber mit ganz kläglicher Stimme. „Kannst du alleine reinkommen?"

Ich schloß auf und ging in die Wohnung. Er lag im Wohnzimmer auf dem Futon, der normalerweise zusammengeklappt war und als Sitzcouch benutzt wurde. Diesmal aber war er zum Bett umfunktioniert, und Rick lag drauf.

Ich setzte mich neben dem Futon auf den Boden. Rick lag zusammengerollt auf der Seite, hatte das Gesicht abgewandt und die Knie fast bis unters Kinn hochgezogen.

„Rick?" sagte ich. Ich strich ihm über den Rücken.

Er rührte sich nicht und sagte nur ganz leise: „Hi."

„Was hast du denn?"

Er wimmerte wie ein kleines Tier.

„Soll ich deinen Arzt anrufen?"

Er schluckte ein paarmal. „Ich hab schon in der Geschäftsstelle angerufen. Margaret kommt rüber und bringt mich ins Krankenhaus."

„Gut. Sie ist sicher gleich da."

„Ja", sagte er. Und dann wimmerte er wieder so komisch. Er hielt sich den Magen. „Ich wollte dich eigentlich noch mal anrufen", sagte er, „und dir sagen, du brauchst heute nicht zu kommen."

„Ist schon okay, Rick. Ich bin ja froh, daß ich hier bin. Ich bin froh, daß ich jetzt bei dir bin."

„Als du angerufen hast, ging's mir noch ganz gut." Das klang wie eine Entschuldigung. „Es kam ganz plötzlich."

„Dein Magen?“

Er versuchte zu nicken. „Hm-hm. Aber irgendwie alles.“

Er hielt krampfhaft den Zipfel seiner Steppdecke fest.

„Ich wollte gerade unter die Dusche gehen. Damit ich schön sauber bin, wenn du kommst. Und auf einmal hat es angefangen.“

„Ach, Rick“, sagte ich, „es tut mir so leid, daß du solche Schmerzen hast.“

„Danke.“

„Kann ich irgendwas für dich tun, bis Margaret hier ist?“

„Nein.“ Er schluckte wieder. Ich roch seinen Atem. „Nein, danke.“

Dann preßte er die Lippen aufeinander und umklammerte den Steppdeckenzipfel noch fester, und dann begann seine Hand plötzlich zu zucken, irgendwie pulsend, und zum Schluß sah es fast wie Dolchstöße aus. Er fing an zu zittern. „Ich friere“, sagte er.

Ich zog ihm die Decke hoch bis unters Kinn. Sie war gemustert, es war ein Mond drauf und lauter Sterne. „Ich hol dir noch ein Plaid.“

„Nicht weggehn“, sagte er ganz schnell. „Bitte, geh nicht weg.“

„Okay“, beruhigte ich ihn. „Ich bleibe hier.“

„Mir ist so kalt“, sagte er wieder.

Ich strich ihm über den Rücken. Er war schweißnaß und ganz heiß.

Und dann legte ich mich zu ihm auf den Futon, ganz vorsichtig, damit ich ihn nicht anstieß. Ich legte mich neben ihm auf die Seite. Ich spürte, wie er zitterte. Ich schob ihm meinen rechten Arm unter die Taille und die rechte Hand unter den Kopf und faßte ihm an die Stirn. Sie war feucht und heiß. Ich ließ die Hand ein paar Sekunden zum Kühlen dort liegen. Dann strich ich ihm behutsam die Haare, die ebenfalls feucht waren, aus der Stirn. Ich fuhr ihm mit den Fingern durchs Haar, bis runter zum Pferdeschwanz. Und dabei sagte ich wieder und wieder: „Armer Rick. Armer Ricky."

Er zitterte immer noch. Ich rutschte ganz nah an ihn heran, so daß sein Hintern an meinem Schoß lag, meine Brüste und mein Bauch an seinem Rücken. Ich drückte mich an ihn, um ihn zu wärmen. Er nahm meine Hand und legte sie sich auf den Bauch. Ich öffnete sie und spreizte die Finger. Er hatte seine Hand auf meiner und drückte sie genauso fest wie mit der anderen die Steppdecke. Ich fühlte den Schweiß seiner Handfläche auf meinem Handrücken und, durch sein Shirt hindurch, den Schweiß seines Bauches in meiner Handfläche. Und überall seinen Puls, der ganz schnell war.

Ich schlang die Arme fest um ihn, als könnte ich auf diese Weise die Krankheit aus ihm herausquetschen.

Nach einer Weile zitterte er nicht mehr so sehr. Allerdings schwitzte er nach wie vor, und ich merkte, wie es rechts und links von seinem Kopf noch feuchter wurde. Er weinte.

Als Margaret kam, wickelten wir ihn in seinen Mantel ein und stützen ihn, jede an einer Seite, und brachten ihn zum Auto. Rick hatte die Schultern hochgezogen und stöhnte leise. Ich half ihm beim Einsteigen und machte seine Tür zu, und Margaret setzte sich hinters Lenkrad. Während sie ihre Schlüssel suchte, lief ich rüber zu ihr und fragte: „Soll ich mitfahren?"

„Nein, ist nicht nötig", sagte sie, „wir schaffen das schon."

Rick schwieg.

Ich beugte mich zu ihm in den Wagen. „Wenn du wiederkommst, ist deine Wohnung blitzsauber, Rick."

Er versuchte zu lächeln.

„Ich ruf dich nachher an", sagte Margaret. Sie legte mir ihre Hand auf die Wange. „Du bist ja ganz naß", sagte sie.

Ich faßte hin. Ja, ich war naß. „Bis nachher", sagte ich, „wir telefonieren."

Und dann, zu Rick: „Bis später, Rick."

Er nickte, sagte aber nichts. Sein Gesicht war tränenverschmiert. Margaret hatte endlich die Schlüssel gefunden und ließ den Motor an.

Ich ging wieder in Ricks Wohnung. Als ich die Tür hinter mir zuzog, konnte ich es riechen. Es war ein leicht säuerlicher, aber auch ein klein wenig süßlicher Geruch. Es war der Geruch von Ricks Schweiß.

Ich fing an zu putzen. Normalerweise fange ich in der Küche an, doch als ich reinkam und den Küchentisch sah, konnte ich nicht. Ich ging wieder raus und blieb einen Moment auf dem Flur stehen und hielt den Atem an. Nach einer Weile atmete ich wieder aus.

Dann machte ich erst mal alles andere. Ich zog das Bett ab und steckte einen Haufen Schmutzwäsche in den Bezug. Ich saugte und wischte Staub. Ich staubte seinen ganzen schwulen Plunder ab, all die Steine und Duftlämpchen, die Püppchen und die anderen Devotionalien. Ich öffnete seinen Schrank und zog die Kleidungsstücke glatt, die er schon seit einer Ewigkeit nicht mehr angehabt hatte. Ich entwirrte die verhedderten Krawatten und Halsketten. Ich tat die herumliegenden

Kassetten in ihre Hüllen und ordnete sie ein. Ich brachte den Müll weg. All das tat ich schnell, denn ich wollte, daß es erledigt war, aber gleichzeitig wollte ich die Arbeit in die Länge ziehen und noch am Räumen sein, noch hier sein, wenn er heimkam; als ob er so bald heimkommen würde.

Ich machte das Badezimmer sauber. Ich schüttete Putzmittel in Wanne und Waschbecken und schrubbte beides. Ich besprühte den Spiegel mit Fensterglanz, und als ich ihn blankrieb, sah ich mich. Auch mein Gesicht war tränenverschmiert, und auf dem T-Shirt hatte ich einen dunklen Fleck. Ich faßte hin und schnupperte an meinen Händen. Sie rochen nach mir, aber auch nach ihm. Nach Ricks Schweiß. Ich hielt mir die Hände vors Gesicht und konnte ihn an meinen Händen riechen. Ich stützte den Kopf in die Hände und schloß die Augen. Ich blieb ein Weilchen so stehen, dann ging ich in die Küche.

Auf dem Küchentisch waren: seine beiden Lieblingskaffeebecher, sein eigener und der, aus dem Barry immer getrunken hatte. Auf dem einen stand ein Filter mit gemahlenem Kaffee drin, alles fix und fertig vorbereitet. Außerdem zwei Dessertteller, auf jedem eine Zimtschnecke aus dem Laden an der Ecke, die weichen, klebrigen von der Mitte des Blechs.

Ich stellte mir vor, wie Ricky zum Laden gegangen war, wie lange er gebraucht hatte, um die Strecke zu bewältigen, wie zeitig er hatte losgehen müssen, um die besten abzukriegen. Ich stellte mir vor, wie er sich seine schöne Überraschung ausgedacht hatte, wie er versucht hatte, etwas zu tun, das über seine Kräfte ging.

Rick hatte mir einmal erzählt, wie sehr es ihm fehlte, daß er sonntags nicht mehr im Bett frühstücken konnte. Früher hatten Barry und er sich Samstagabends immer im Wohnzimmer Videos angeguckt. Sie hatten den Futon als Bett ausgeklappt und von da aus geguckt und so getan, als wären sie im Urlaub in einer Pension. Rick kochte irgendwas Tolles, und sie aßen zusammen. Das war damals, als er noch versucht hatte, Barry zum Essen zu überreden. Und dann war Barry gestorben, und Rick hatte es sich angewöhnt, in den Laden an der Ecke zu gehen, besonders sonntags, weil es ihn nicht mehr in der Wohnung gehalten hatte. Darum ging er immer in den Laden, bis es ihm zuviel wurde. Das war ungefähr zu der Zeit, als ich anfing, ihn zu besuchen.

Ich setzte mich an den Tisch, den er für uns beide gedeckt hatte. Ich stützte mich mit den Ellbogen auf und faltete die Hände. Ich schloß die Augen und senkte den Kopf und legte die Stirn auf meine gefalteten Hände. Ich versuchte zu denken, wie Rick denken würde, ich versuchte mir Barry vorzustellen.

Nach einer Weile machte ich die Augen wieder auf. Als er den Tisch gedeckt hatte, hatte er Hoffnung gehabt. Ich nahm das Essen, das für mich bestimmt war, ich aß.

[Die Gabe Vollständigkeit]

Mrs. Lindstrom wohnte in einem Haus in einem anderen Stadtteil als die meisten Leute, mit denen ich arbeitete. Zu ihr fuhr ich mit dem Bus. In dem Viertel gab es lauter hübsche kleine Häuschen mit Gärten dahinter. Es gab Hunde und Fahrräder und Dreiräder und Einfahrten, in denen teure amerikanische Autos parkten. Der Briefkasten von Mrs. Lindstrom war rot lackiert und hatte die Form einer Scheune. An ihren Fenstern hatte sie Spitzengardinen, die zurückgezogen waren.

Als ich bei ihr anklopfte, war sie sofort da. Sie hatte schon auf mich gewartet. Ein Glück, daß ich pünktlich war. Sie machte die Tür auf und sagte: „Hallo! Herein mit Ihnen!" und streckte mir die Hand entgegen. Und dann ließ sie mich eintreten und fragte, ob ich Kaffee oder Tee möchte. Und so, wie sie das sagte, war es keine Ja-oder-nein-Frage, sondern sie meinte wirklich entweder oder.

„Kaffee bitte", sagte ich, und sie winkte mir, mit in die Küche zu kommen. Ihre Kleider waren weit und lässig. Sie hatte krauses weißes Haar. Sie ging am Stock, aber mit festem Schritt.

Sie bat mich, am Küchentisch Platz zu nehmen, und ich

gehorchte, sie aber blieb stehen. Sie lehnte sich an die Anrichte und hielt sich mit beiden Händen daran fest. Sie legte die eine Hand auf die Brust, als ob sie einen Eid schwören wollte. Sie bekam keine Luft.

Ich stand auf. „Der Kaffee ist in der Dose, oder?“

Auf der Anrichte standen mehrere zusammenpassende Dosen.

„Ich mach das schon“, sagte sie schnaufend.

Ich hatte sie nicht antreiben wollen, es war mir nur unangenehm, mich von ihr bedienen zu lassen. Ich setzte mich wieder hin. Auf der Anrichte standen schon zwei identische Tassen mit Untertassen bereit.

Sie stützte sich auf die Arbeitsplatte und holte ein paarmal tief Luft.

Ich sah mich in der Küche um. „Ein hübsches Haus haben Sie“, sagte ich.

„Danke“, keuchte sie.

Sie fragte mich, ob ich schon gefrühstückt hatte, also genau das, was ich normalerweise die Leute frage. Ich sagte ja, und ehe ich noch weiterreden konnte, erklärte sie, sie auch, aber nach der Busfahrt könnte es ja sein, daß ich Hunger hätte. „Sie sind doch mit dem Bus gefahren?“ fragte sie.

Da sie immer noch nicht wieder bei Puste war, bejahte ich ihre Frage und erzählte lang und breit und in allen Einzelheiten, daß ich ins Zentrum entweder mit dem Zehner oder mit dem Dreiundvierziger oder sogar mit dem Siebener fahren könne und warum ich mich für den Dreiundvierziger entschieden hatte und wo ich eingestiegen war und wo ich im Zentrum in den Sechser umgestiegen war und wie ich den Fahrer nach ihrer Straße gefragt hatte und so weiter und so fort. Ich zog die Geschichte in die Länge, bis sie wieder normal atmete. Zum Schluß sagte ich noch, die Gegend, in der sie wohne, sei wirklich nett.

„Danke“, entgegnete sie. „Ich wohn hier schon mein ganzes Leben lang.“

Sie drehte sich um und holte Kaffee und Tee. Der Kaffee war Instant. Ich ärgerte mich, daß ich nicht Tee gesagt hatte.

Margaret hatte mir erzählt, daß Mrs. Lindstroms Kinder ihre Mutter eigentlich zu sich nehmen wollten und ihr einer Sohn angeboten habe, wieder zu ihr zu ziehen, aber die alte Dame hatte beides abgelehnt. Sie hatte eingewilligt, daß ihre Kinder die medizinischen Dinge für sie erledigten, so was wie Arzttermine und Besorgungen aus der Apotheke, und daß der Altenpfleger zu ihr kam, hatte sie auch akzeptiert, aber an ihren Körper und an den Haushalt ließ sie die Kinder nicht ran; sie durften sie weder füttern und waschen noch bei ihr saubermachen. Als sie dann aber so weit war, daß sie sich tatsächlich nicht mehr alleine versorgen konnte und einfach Hilfe brauchte, hatte sie schließlich nachgegeben. Ich war ihre erste Hausbetreuerin.

Sie holte den Tee. Ich hörte, wie sie die Büchse aufmachte und einen Teebeutel herausnahm. Dann schraubte sie das Kaffeeglas auf und klapperte mit dem Löffel darin herum und tat das Pulver in die Tasse. Sie brauchte für alles sehr, sehr viel Zeit.

Und dann fing sie an zu reden. Sie wollte wissen, in welchem Stadtviertel ich wohne, ob ich ein Haus habe oder bloß eine Wohnung, ob ich Haustiere habe und so weiter, all die netten, höflichen Fragen eben, die einem Leute in ihrem Alter so stellen. Als sie sich hinsetzte, bekam sie schon wieder keine Luft mehr.

Sie sagte, die Kekse seien selbstgebacken, nach ihrem alten Rezept, allerdings von ihrer Tochter Ingrid. Ich sollte sie doch mal probieren. Ich griff zu und sagte artig danke. Sie selber nahm keinen. Dann war das Gespräch erst einmal verebbt, und ich hörte mich kauen.

Als das Wasser kochte, stand sie auf. Ihre Hand, mit der sie den Teekessel festhielt, sah angespannt aus. Die Adern traten hervor. Es fiel ihr schwer, den Kessel hochzuheben. Ich wollte ihr Hilfe anbieten, wußte aber, daß es dazu noch zu früh war. Sie wollte, daß ich erst mal aß und trank.

Sie goß Wasser auf und stellte den Kessel auf den Herd zurück.

Und dann setzte sie sich wieder hin, und wir rührten beide ein Weilchen in unseren Tassen. Bis ich schließlich sagte: „Wobei kann ich Ihnen denn heute behilflich sein, Mrs. Lindstrom?"

Sie hatte den Blick gesenkt. „Ach ja. Also, mal überlegen." Sie guckte aus dem Küchenfenster. „Was würden Sie denn gerne machen?"

Was ich gern machen würde? Das hatte mich noch keiner gefragt.

„Na ja ...", sagte ich, „haben Sie vielleicht Wäsche zu waschen?"

„Oh, damit müssen Sie sich doch nicht abmühen."

„Aber das ist keine Mühe für mich", sagte ich. „Ich wasche gern Wäsche."

Sie hielt ihre Untertasse mit beiden Händen fest. „Na schön, sagte sie, dann muß ich mal nachsehen, ob ich ein bißchen Wäsche für Sie finde."

Ich fragte sie, wo sie ihre Waschmaschine hatte. Doch erst

einmal mußte ich meinen Kaffee austrinken und noch einen Keks essen, und dann erklärte sie mir, der Wäschekorb stünde im Bad, das Seifenpulver samt Bleichmittel, die Waschmaschine und der Trockner seien im Keller. Sie wollte mit runterkommen und mir alles zeigen, aber ich sagte, daß ich mich schon alleine zurechtfinden würde, und falls ich noch Fragen hätte, könnte ich mich ja an sie wenden.

„Und während die Waschmaschine läuft, kann ich ja vielleicht schon die Küche putzen", schlug ich vor.

„Oh, die Küche ist sauber, die müssen Sie nicht putzen", sagte sie. Und dann schaute sie sich um und fragte verunsichert: „Oder finden Sie, daß es nötig ist?"

Ich wollte sie nicht kränken, indem ich ihr sagte, daß es durchaus nötig war, aber es war so. Zwar türmte sich kein schmutziges Geschirr im Ausguß, und es standen auch keine angebrochenen Konservendosen herum, aber auf den Arbeitsflächen lag ein Fettfilm, und der Fußboden war auch nicht gerade sauber.

„Ich räume bloß ein bißchen auf, solange die Waschmaschine läuft", sagte ich.

„Also ... na gut", sagte sie, „wenn Ihnen das wirklich nicht zuviel Mühe macht."

„Das macht mir keine Mühe, Mrs. Lindstrom", sagte ich.

Sie koche ja in letzter Zeit auch nicht mehr so oft, murmelte sie, und überhaupt halte sie sich kaum noch in der Küche auf. „Na dann werd ich mal gehn", sagte sie dann, „ich steh Ihnen ja doch bloß im Weg rum." Sie stand auf und hielt sich an der Tischkante fest und holte tief Luft und gab sich einen Ruck. Ich stand ebenfalls auf und wollte sie unterhaken, doch sie wehrte ab.

Sie ging ins Wohnzimmer, und ich brachte die Wäsche in den Keller. Als ich wieder unterwegs war in die Küche, warf ich rasch einen Blick ins Wohnzimmer. Sie hatte die Nachrichten an und saß mit geschlossenen Augen, ihr Strickzeug auf dem Schoß, in einem der beiden ausladenden Polstersessel.

Als sie mich vorbeigehen hörte, blickte sie auf und guckte zu mir rüber. „Finden Sie alles, was Sie brauchen?“ fragte sie.

„Ja, Mrs. Lindstrom“, sagte ich.

„Im Kühlschrank ist nicht viel drin, aber wenn Sie was essen möchten, greifen Sie ruhig zu. Und die ganzen Kekse sind ja auch noch da.“

„Danke“, sagte ich.

In der Küche gab es Töpfe und Gerätschaften in Hülle und Fülle, aber alle waren unbenutzt. Im Kühlschrank standen ein paar nicht zu Mrs. Lindstroms Service passende Schüsseln mit runzligen Auflauf- und Pastetenresten und dazu ein Haufen verschrumpeltes Obst und Gemüse. Jede Menge Joghurtbecher, deren Verfallsdatum überschritten war, und ein Tetrapack *Ensure*. Das ist dieser hochkalorische Proteindrink, den die Astronauten zu sich nehmen, und eben Schwerkranke, wenn sie nichts Vernünftiges mehr essen können.

Ich kam dreimal die Woche früh am Morgen zu ihr und blieb bis zum Mittag. Manchmal war ich noch da, wenn der Altenpfleger kam, aber eigentlich versuchte ich immer, vorher weg zu sein. Mrs. Lindstrom war es nämlich unangenehm, wenn der Pfleger und ich gleichzeitig da waren. Daß der Pfleger kam, hatte medizinische Gründe, daran gab es nichts zu rütteln, aber wenn ich bei ihr war, konnte sie sich manchmal einreden, ich sei so was wie eine ganz normale Haushaltshilfe, eine alte

Bekannte, eine Putzfrau oder einfach bloß eine Nachbarin, die mal eben reinschaut, wenn man die Grippe hat. Wenn der Pfleger und ich aber gleichzeitig da waren, ging das nicht.

Irgendwie ist es den Leuten immer peinlich, wenn andere merken, daß sie jemanden brauchen, der sich um sie kümmert. Als die Aidshilfe noch ganz neu war und die Leute Angst hatten, die Nachbarn könnten verrückt spielen, wenn sie erfahren, daß einer positiv ist, durfte man keinem sagen, was man eigentlich machte. „Ich bin eine Freundin", hieß es da immer. Und wenn der Pfleger und ich uns bei ihr trafen, konnte sich Mrs. Lindstrom nicht einreden, es wüßte ja niemand, daß sie betreut werden mußte, weil sie krank war.

In den ersten Wochen putzte ich so ziemlich das ganze Haus, bis auf das Schlafzimmer, in das sie partout keinen Fremden hineinlassen wollte, erledigte Besorgungen, kaufte Lebensmittel für sie ein und kochte ihr Sachen, die sie, wie sie sagte, früher gern gegessen hatte, und wenn sie aß, setzte ich mich zu ihr, und dann unterhielten wir uns. Sie fragte mich, auf welchem College ich war und wofür ich mich interessiere, und erkundigte sich nach meiner Familie, meinen Hobbys, meinen Tieren. Und sie erzählte mir von ihrer Familie. Sie hatte drei Kinder, Diane, Ingrid und Joe. Joe, ihr Jüngster, war bloß zwei Jahre älter als ich. Außerdem gab es vier Enkelchen, und das fünfte war unterwegs. Sie hatte von allen Bilder und auch ein Foto von Miss Kitty, die bei Joe und Tony lebte, seit Mrs. Lindstrom krank war. Miss Kitty fehle ihr sehr, sagte sie und erzählte mir, mit dem Stricken habe sie erst ernsthaft angefangen, nachdem Miss Kitty bei ihr eingezogen war, weil doch Miss Kitty was zum Spielen haben mußte. Miss Kitty war ins

Haus gekommen, nachdem John, der Mann von Mrs. Lindstrom, gestorben war. Nach Johns Tod sei sie absolut verzweifelt gewesen, sagte sie, als ob ihr Leben jeden Sinn verloren hätte. Er sei doch ihre Jugendliebe gewesen, schon auf der High School, sie wären ihr ganzes Leben lang zusammen gewesen. Und nach seinem Tod habe sie sich dann halt irgendwie nützlich gemacht, beim Tierschutz zum Beispiel und im Literaturzirkel und in der Bürgerinitiative für Sicherheit und Sauberkeit in ihrem Wohnviertel. Und außerdem war sie ständig mit Ingrids Zwillingen rumgezogen. „Er hat mir ja so gefehlt“, sagte sie. „Als er gestorben war, hab ich gedacht, das überleb ich nicht, aber irgendwie ging es dann doch.“

Nachdem sie mir das erzählt hatte, bat sie mich, nicht mehr Mrs. Lindstrom zu ihr zu sagen, sondern Connie. Ich brauchte eine Weile, bis ich mich daran gewöhnt hatte, aber dann ging es doch.

Und als ich sie schon eine Zeitlang Connie nannte, fragte sie mich eines Tages, ob ich ihr wohl beim Baden helfen könnte. Das war das Letzte gewesen, was sie immer noch allein gemacht hatte. „Klar“, sagte ich.

Ich ließ die Wanne vollaufen und tat Badeöl ins Wasser. Ich machte die Tür zu, damit der Raum schön warm war. Als alles fertig war, holte ich sie. Wir gingen zusammen den Flur entlang. Ich hatte ihre frischen Sachen überm Arm. Sie stützte sich mit einer Hand auf ihren Stock und mit der anderen auf mich.

Im Badezimmer angekommen, machten wir als erstes die Tür zu. Dann setzte sie sich auf den Toilettendeckel. Ich half ihr, sich zu entkleiden. Bis dahin hatte sie sich noch nie von mir an- oder ausziehen lassen.

Als sie sich die Bluse aufknöpfte, entgleisten mir die Gesichtszüge.

„Dabei brauchen Sie mir nicht zu helfen“, sagte sie.

Sie hatte auf der einen Seite eine große flache Kuhle und eine lange weiße Narbe von der Brustamputation. Die Narbe glänzte zwar nicht, war aber alt. Die Brust war amputiert worden, als es noch nicht üblich war, die Blutkonserven zu testen.

„Sie brauchen mir nicht zu helfen“, sagte sie noch einmal. „Damals nach der Operation hab ich auch alleine gebadet.“

Die Brust war amputiert worden, bevor es Einrichtungen wie die Aidshilfe gab. Connie hatte niemanden gehabt, der ihr in der Rekonvaleszenz geholfen hatte. Aber selbst wenn die Aidshilfe damals, als sie operiert worden war, schon existiert hätte, selbst dann hätte sie von uns keine Unterstützung bekommen, denn für Brustamputierte oder Leute, die einfach bloß Krebs hatten oder irgendwas in der Art, waren wir nicht zuständig, es mußte schon Aids sein. Ich schämte mich.

„Ich kann das alleine“, sagte sie noch einmal.

Seit ich die Narbe gesehen hatte, stand ich da wie versteinert, doch bei diesen Worten kam ich wieder zu mir. „Ich kann Ihnen aber helfen“, sagte ich, und sie ließ es zu.

Dann half ich ihr auch noch, die anderen Sachen auszuziehen. Die zweite Brust war klein und faltig. Ich hängte ihr ein Handtuch um und versuchte nicht hinzuschauen.

Unbekleidet sah sie irgendwie mangelhaft aus. Ihr Körper war nicht vollständig.

Ich griff mit der Hand ins Badewasser. Ich prüfte mit dem Ellbogen die Temperatur, wie man es macht, wenn man ein Baby baden will.

Ich half ihr beim Aufstehen und geleitete sie bis zur Wanne. Wir ließen das Handtuch fallen. Ich nahm ihren Arm und legte ihn mir um die Schultern. Sie hielt sich an mir fest, und ich setzte sie auf den Wannenrand.

„Gut so?“ fragte ich.

„Ja.“

Ich ließ sie ein paar Sekunden verschnaufen, und dann hob ich sie hoch und setzte sie behutsam auf den Wannensitz. Die Adern auf ihrem Handrücken traten hervor. Sie hielt den Atem an; sie war ganz verkrampft in den Schultern. Ich nahm ihre Beine und tat sie ins Wasser.

Nach einer Weile atmete sie aus, und ihre Schultern entspannten sich. „Ach, ist das schön so im Wasser“, sagte sie.

Ich tat Seife auf den Schwamm und wusch ihr die Arme. Ich wusch ihr den Nacken, den Rücken und den Bauch. Als ich zu den Rippen kam, zögerte ich. Ich hatte Angst wegen der Narbe.

„Die tut nicht mehr weh“, sagte sie.

Dann konnte ich die Stelle rund um die Narbe waschen.

Als sie sauber war, half ich ihr aus der Wanne und trocknete sie ab und zog ihr das Nachthemd über. Wir gingen zu ihrem Schlafzimmer. Sie legte sich meinen Arm um die Taille und stützte sich beim Gehen auf mich.

Sie saß auf dem Bett und hielt sich an der Bettkante fest. Sie bekam keine Luft. Ich hob ihre Füße hoch und half ihr, sich hinzulegen. Ich faßte ihr unter den Nacken und legte sie so hin, daß sie das Kopfkissen im Rücken hatte, und zog die Bettdecke hoch. Ich wickelte sie ganz fest ein in die Decke, so, wie meine Mutter es immer mit mir gemacht hat, als ich klein war.

[Die Gabe Tränen]

Ich war gerade bei Ed, als der Anruf kam, daß ein Zimmer für ihn frei war. Er hatte schon eine ganze Weile auf der Warteliste gestanden, und wir hatten jeden Tag nachgefragt, wann er endlich einziehen kann. Ed sagte immer nur: „Also, wenn ich erst mal umgezogen bin, brauch ich mich um das und das nicht mehr zu kümmern ..." Oder: „Bevor ich umziehe, muß ich mich aber noch um das und das kümmern ..." Sein ganzes Leben war unterteilt in Bevor-ich-Umziehe und Wenn-ich-erst-mal-umgezogen-Bin. Doch als sie dann anriefen, daß ein Zimmer frei war, da wollte er plötzlich nicht mehr.

Er saß auf der Couch und guckte sich eine Serie an, und ich wischte Staub. Ich war näher am Telefon, und als es klingelte, nahm ich den Hörer ab, und gab ihn Ed. Er nahm ihn, und ich drückte auf die Fernbedienung und drehte den Ton so weit runter, daß er nicht störte beim Telefonieren, aber immer noch zu hören war, damit ich Ed nachher alles erzählen konnte, wenn er aufgelegt hätte und mich, wie üblich, fragen würde, was er verpaßt hat.

Diesmal aber sagte er kein Wort, nachdem er aufgelegt hatte. Er legte einfach auf und saß da und schwieg.

„Wer war denn dran?“ fragte ich.

„Das Heim, das Hospiz.“ Er holte tief Luft. „Es ist ein Zimmer frei.“

„Ach so“, sagte ich vorsichtig. „Na ja, du hast ja auch schon ganz schön lange gewartet.“

Er guckte rüber zum Fernseher. „Kannst du mal lauter stellen?“

„Klar.“ Ich drückte auf die Fernbedienung.

„Und? Was hab ich verpaßt?“

„Nicht viel“, sagte ich. „Sie will ihm die ganze Zeit sagen, daß das Kind nicht von ihm ist, aber sie hat's noch nicht getan.“ Auf dem Bildschirm waren eine Schauspielerin mit langen schwarzen Locken und einem Brillantkollier um den Hals und ein Schauspieler, und die Frau heulte die ganze Zeit. Sie schniefte in einem fort und wischte sich die Tränen ab.

„Wetten, daß sie's ihm erst nächste Woche erzählt“, sagte Ed und zog sich die Decke hoch.

„Was ist denn nun mit dem Zimmer?“ fragte ich.

Er guckte weiter in die Glotze, auch als Werbung kam. Man sah zwei weiße Socken, aber die eine war richtig weiß. „Ich hab gesagt, ich ruf zurück“, sagte Ed. Er betrachtete die Socken. Ein Kind spielte Fußball. „Die haben gesagt, ich soll heute nachmittag zurückrufen“, sagte er. In der Werbung war jetzt Hundefutter dran, und Eds Tonfall veränderte sich. „Die wollen mich nicht mal eine Nacht drüber schlafen lassen.“

„Die werden das Zimmer wohl jemand anders geben müssen, wenn du nicht willst“, sagte ich. Die Höhe der Zuschüsse, die diese Heime bekommen, richtet sich nämlich nicht zuletzt nach der Anzahl der pro Nacht belegten Betten. Und außerdem stehen immer Leute auf der Warteliste.

„Ach ja?“ sagte er. Er guckte immer noch fern. Und auf einmal erzählte er mir, daß nächste Woche seine Schwester kommen wolle; sie habe sich extra Urlaub genommen und ihre Kinder bei einer Freundin untergebracht, damit sie ihn besuchen könne, und da wolle er doch nicht in irgendeinem Hospiz hocken. Und außerdem müsse er ja auch noch diesen Wohltätigkeitsbasar machen und seine Sachen verkaufen, und Lee habe vor, eine Party zu geben, und er habe noch keinen Termin mit den Teppichleuten gemacht, und für seinen Wagen habe er auch noch keinen passenden Käufer gefunden. „Ich kann also noch gar nicht weg“, sagte er. „Ich hab noch viel zuviel zu erledigen.“

Ich ging zu ihm und setzte mich neben ihn auf die Couch. Ich gab ihm die Fernbedienung. Er hielt sie mit beiden Händen fest.

„Deine Schwester kann hier wohnen, solange sie da ist, auch wenn du dann schon im Hospiz bist. Und um den Basar kümmern wir uns schon, und einen Käufer für deinen Wagen werden wir auch noch finden.“

„Und die Party?“ fragte er, und dabei hörte er sich an wie ein kleiner Junge, der gerade vier geworden war.

„Dann gehst du halt von dort aus auf deine Partys“, sagte ich.

„Und wenn ich mal weg will? Ich meine, wenn ich einfach mal ’ne Weile alleine ausgehn will?“

„Das verbietet dir doch keiner.“ Ed war seit Monaten nicht mehr alleine ausgegangen.

Er schaltete zum Naturfilm um. Naturfilme sah er sich sonst nie an.

„Es geht wieder bergauf mit mir. Seit ich im Krankenhaus

war, geht's mir viel besser. Die mußten mich bloß mal wieder richtig aufpäppeln. Drei Kilo hab ich zugenommen."

„Ja", sagte ich, „das war echt gut."

Er war vor zwei Tagen aus dem Krankenhaus entlassen worden. In den letzten sechs Wochen war er nämlich mehr drin als draußen gewesen. Und wenn er heimkam, hatte er jedesmal das Gefühl, daß es bergauf ging. In der Klinik hing er rund um die Uhr am Tropf, die pumpten ihn da richtig voll und ließen ihn sowieso erst wieder raus, wenn's ihm besser ging. Und außerdem fühlte er sich daheim in seiner gewohnten Umgebung immer gleich viel wohler. Aber seit er raus war, hatte er schon wieder fast ein halbes Kilo abgenommen.

„Es geht mir wirklich besser", sagte er. „Und wenn meine Schwester erst mal da ist, nehme ich bestimmt noch mehr zu. Die bekocht mich doch andauernd, da werd ich richtig fett." Er bettelte wie ein Vierjähriger, der sich ein Pony wünscht.

Aber es stimmte nicht, daß es bergauf ging. Es ging nur ein klein wenig langsamer bergab.

„Ich muß überhaupt noch nicht ins Hospiz", jammerte er.

Ich nickte. „Na gut", sagte ich so gelassen wie möglich, „aber du kannst doch das Zimmer nehmen und deine Wohnung einfach weiter behalten." Das war allerdings nicht ganz wahr. Von Rechts wegen mußte man, wenn man ins Hospiz ging, seine Wohnung bis zum Ende des laufenden Monats aufgegeben haben. Aber ich fand wirklich, daß er in dieses Heim gehen sollte.

Im Fernsehen rannten lauter Leute mit Speeren durch die Gegend. „Und wenn man wieder gesund wird, dann lassen sie einen nach Hause?" fragte er.

„Aber sicher", log ich.

Von denen, die da drin waren, war noch keiner nach Hause zurückgekehrt. Wer da einmal drin war, der wurde nicht wieder gesund.

„Sicher", log ich noch einmal.

Er ließ den Fernseher Fernseher sein und sah mich an. Er lachte. „Todsicher."

Ich wollte etwas sagen, aber mir fiel nichts ein. Er drehte den Fernseher lauter. Die Leute auf dem Bildschirm brüllten und rannten mit ihren Speeren durch die Gegend.

Nach einer Weile sagte ich: „Möchtest du mit deinem Sozialarbeiter reden?" Ich mußte laut sprechen, wegen des Fernsehers. Er starrte auf den Bildschirm. „Oder mit Margaret?"

Als die Einstellung wechselte und die Speere durch die Luft flogen, sagte er: „Mach doch, was du willst."

Ich ging ins Schlafzimmer und rief seinen Sozialarbeiter an. Ich erzählte ihm, daß das Hospiz sich wegen des Zimmers gemeldet hatte und Ed auf einmal nicht mehr wollte. Er riet mir, Ed Zeit zu lassen. Es sei gar nicht so selten, daß die Leute, wenn es wirklich so weit war, auf einmal nicht mehr wollten, sagte er. Ich erzählte ihm, daß Ed heute nachmittag im Heim anrufen sollte. Ich fragte ihn nach seiner Meinung. Er finde schon, daß Ed das Zimmer nehmen sollte, sagte der Sozialarbeiter, aber die Entscheidung müsse Ed selber treffen.

Ich kam wieder ins Wohnzimmer. Ed guckte inzwischen die nächste Serie.

„Das arme Ding, die heult sich die Äuglein aus. Wetten, die kriegt auch 'n Kind von 'nem andern und will's ihrem Typ nicht sagen." Er sah mich mit gespielt trauriger Miene an und sagte mit sirupsüßer Stimme: „Das aaaaarme Ding."

Ich setzte mich neben ihn und guckte auf den Bildschirm. Der Abspann kam und die entsetzliche Musik.

„Schalten Sie morgen wieder ein!“ sagte Ed richtig fröhlich.

„Ed“, sagte ich.

Er fing an, mit der Musik mitzusummen, und dabei wakkelte er mit dem Kopf und zuckte mit den Schultern wie ein Idiot.

„Ed“, sagte ich noch einmal.

„Okay, okay“, fuhr er mich an. „Was ist?“

Ich erzählte ihm einiges von dem, was der Sozialarbeiter gesagt hatte, doch er fiel mir ins Wort.

„Ich ruf ja demnächst da an. Ich rufe an, wenn mir so ist.“

Wir sahen uns zusammen den Abspann zu Ende an. Und als unwiderruflich Schluß war und es eine Sendepause gab, fragte ich ihn, ob er irgendwas haben wollte.

„Mach mir was zu essen“, befahl er. Er hatte noch nie in so einem Befehlston mit mir gesprochen.

„Was möchtest du denn haben?“ fragte ich.

„Die erste beste Scheiße, die in diesem beschissenen Haus aufzutreiben ist“, sagte er. „Pfannkuchen, Sirup, Obst, Schinken, Orangensaft, Milch, Eier – Spiegeleier, zwei Stück – ’ne halbe Melone, Haferflocken.“ Das alles hatte er tatsächlich im Haus. Und dann sagte er in gespreiztem Ton: „Eier à la Bénédict, Lammspieß, ein Soufflé von Meeresfrüchten, Huevos Rancheros, Wachteleier, Pfifferlinge im eigenen Saft und ein Petit Filet Mignon, s’il-vous-plaît.“

Er sah mich an. Ich sagte nichts.

„Auch gut“, rief er wütend. Und dann ganz kleinlaut: „Haferflocken?“

Ich ging in die Küche und machte ihm seine Haferflocken. Und während ich die Zutaten zusammenrührte, versuchte ich mich zu beruhigen.

Ed würdigte mich keines Blickes, sondern sah stur weiter fern, als ich mit dem Tablett zurückkam. Ich stellte es vor ihm hin und legte ihm sein silbernes Besteck zurecht, die Serviette und den Zucker und die Milch.

„Und wo ist mein Tee?" fragte er.

„Ich mach dir welchen."

„Ich trink immer Tee. Das könntest du dir langsam mal merken." Er trank keineswegs immer Tee. Und wenn, dann normalerweise extra, nach dem Essen.

„Du kriegst ja gleich welchen, Ed."

„Die Haferflocken sind jedenfalls kalt, bis ich meinen Tee habe."

„Entschuldige, Ed", sagte ich und ging wieder in die Küche.

„Bevor ich nicht meinen Tee habe, kann ich nichts essen."

„Okay", rief ich. Ich atmete tief durch. Ich kam mir so schlecht vor. „Es geht ganz schnell!" sagte ich mit aller mir zu Gebote stehenden Freundlichkeit.

Ich kochte Tee. Und für mich selber eine Tasse Kaffee. Ich brachte beides ins Zimmer. Ich stellte Ed seinen Tee hin. Und dann wollte ich mich zu ihm setzen, während er aß, und meinen Kaffee trinken.

„Geh das Schlafzimmer saubermachen", kommandierte er. Er sah mich nicht an. Er hatte die Hände gefaltet im Schoß liegen.

„Ist gut", sagte ich gleichmütig.

Ich brachte meinen Kaffee wieder in die Küche, holte den Staubsauger aus dem Einbauschrank im Korridor und trug ihn ins Schlafzimmer.

Als ich den Staubsauger wegstellen wollte, sagte er von der Couch aus: „Ich hab angerufen." Er sagte es in normaler Lautstärke, so daß ich es beinah überhört hätte. Ich ging hin und setzte mich zu ihm.

Er schaltete den Ton aus. „Ich gehe nicht", sagte er.

Ich zwang mich, den Mund zu halten, aber mein Blick verriet trotzdem, was ich dachte.

„Ich hab ihnen gesagt, vielleicht später mal", sagte er. Er sah mich böse an. „Ihr könnt mich doch nicht zwingen."

„Kein Mensch will dich zwingen, Ed. Wir dachten uns bloß –"

„Mir doch egal, was ihr euch denkt. Das ist mir scheißegal, was die sich denken, diese Margaret und mein blöder Sozialarbeiter und meine Ärzte und die fünfundfünfzigtausend bescheuerten Pfleger und Krankenschwestern und die ganzen beknackten Stationshilfen und ihr andern scheiß Wohltäter alle miteinander. Ich gehe nicht."

In der Ausbildung hat es geheißen, wenn sie irgendwann „verbal oder körperlich ausfällig werden", soll man sich zurückziehen. Aber das hier war anders. Eds Gesicht sah angespannt aus. Er hielt die Fernbedienung so fest umklammert, daß er zitterte. Seine Fingerknöchel waren schon ganz weiß.

„Entschuldige bitte, Ed", sagte ich.

Er brauchte einen Moment. „Du weißt ja nicht, wie das ist", stieß er hervor.

„Ich weiß schon, daß ich's nicht weiß, Ed. Entschuldige bitte."

Er bewegte den Mund. Er nahm seinen Löffel von der Serviette. Er hatte die Haferflocken nicht angerührt. Er hielt den Löffel in der Faust wie ein Baby, das noch nicht richtig zugreifen kann. Sein Mund war fest geschlossen. Seine Augenlider waren gerötet. Er steckte den Löffel in die Haferflocken. Es hatte sich schon eine Haut darauf gebildet. Er durchstach die Haut mit dem Löffel. Er wimmerte leise vor sich hin, als ob er im nächsten Moment losweinen würde.

„Ach Mann, Ed", sagte ich.

Er faßte mit beiden Händen nach dem Napf, wie um ihn wegzuschieben. Ich wollte ihm zuvorkommen und ihn selber fortnehmen.

„Nein, laß", schluchzte er. „Ich kann das essen, ich möchte das essen."

„Soll ich's dir noch mal aufwärmen?" fragte ich. „Oder soll ich dir frische machen?"

Er preßte die Lippen fest zusammen, sie sahen ganz blaß aus. „Ich weiß nicht", schniefte er, „ich weiß es nicht, ich weiß nicht."

Er legte den Löffel wieder hin und schlug die Hände vors Gesicht. Seine Schultern bebten.

Ich streichelte ihn. Er ließ die Hände sinken und sah mich an. Sein Gesicht und seine Augen waren gerötet. Sein Mund zuckte. Alles an ihm versuchte zu weinen, aber mit seinen Tränenkanälen war irgendwas nicht in Ordnung, und darum konnte er nicht.

[Die Gabe Haut]

Margaret entschuldigte sich, daß sie am Samstag anrief, aber die Frau, die sich normalerweise um den Jungen kümmerte, sei ausgefallen, sagte sie, und deshalb brauche sie einen Ersatz, und ob ich nicht einspringen könnte. Der Typ wohnte nur ein paar Straßen von mir entfernt. Er hieß Carlos.

Reingelassen wurde ich von einem gewissen Marty. Das war ein Freund, der nachts bei Carlos blieb. Am Tage aber mußte Marty arbeiten gehen. Das hatte mir Margaret alles am Telefon erzählt. Marty sagte „Hi" und schob mich in die Küche, zeigte mir wortlos Kühlschrank, Schränke und Herd. Marty war ein süßer dicker kleiner Kerl von Mitte Dreißig, der immer noch seinen Babyspeck und seine Babyhaut hatte und sich wahrscheinlich nur ganz selten mal rasieren mußte. Seine Haut war sehr bleich, besonders an den Armen. Er trug ein kurzärmeliges Hemd. Er zeigte mir den Zettel neben dem Telefon, auf dem seine Büronummer stand und noch eine andere Nummer von einem, der Andy hieß. Und zu guter Letzt zeigte er mir auch noch den Einbauschrank im Korridor, in dem die Handtücher, das Waschpulver, die Reinigungsmittel, das Verbandszeug und die Handschuhe waren.

„In der Küche über der Spüle sind auch noch Handschuhe, und im Badezimmer."

„Danke", sagte ich, „ich hab selber welche mit." Ohne Handschuhe läuft gar nichts in meinem Job.

Marty zeigte mir sein Zimmer. Es war klein und sehr einfach eingerichtet. Im Grunde sei das gar nicht sein Zimmer, erklärte er mir, er schlafe nur hier drin. Carlos habe es als Gästezimmer benutzt, aber inzwischen kämen sowieso keine Gäste mehr. Kahle Wände und nur ein einzelnes Bett, wie in einem Kinderzimmer, ein Stuhl und ein kleiner Tisch, der als Nachttisch diente. Keine Frisierkommode. Die Schranktür stand offen, und im Schrank hingen nur ein paar Hemden und eine Hose. Ich könne mich ja hier reinsetzen und lesen oder so, sagte Marty, denn zu tun sei eigentlich nicht viel.

„Carlos schläft die meiste Zeit", fuhr er fort. „Wie dem auch sei, hier ist die Zeitung. Ich hab das Kreuzworträtsel erst zur Hälfte fertig."

„Danke", sagte ich, obwohl ich immer ein Buch zum Lesen dabei habe.

Wir gingen durch den Korridor. „Das hier ist das Badezimmer", sagte Marty ziemlich laut. Wir traten ein, und er machte die Tür zu und flüsterte: „Carlos leidet neuerdings an Inkontinenz, darum haben wir diesen Kondomkatheter gekriegt. Die Krankenschwester hat ihn gestern abend angelegt. Sie hat gesagt, ich soll ihn heute früh wechseln. Das hab ich noch nicht gemacht. Ich hab so was noch nie gemacht." Er senkte den Blick. „Sie haben da doch bestimmt mehr Erfahrung, oder?"

„Aber sicher", sagte ich, „kein Problem."

Normalerweise war das nicht schwierig. Man mußte nur

den Beutel ausgießen. Und selbst wenn man den Kondomteil wechseln mußte, brauchte man bloß vorsichtig zu sein, aber kompliziert oder gefährlich oder so war das nicht.

„Und seine Medikamente?“ fragte Marty.

„Tut mir leid, aber das kann ich nicht machen“, erwiderte ich. „Das darf ich nicht.“ Das hing mit der Versicherung zusammen. „Ich kann ihn aber dran erinnern, ich kann ihm die Flasche mit den Tropfen aufmachen oder die Pillenbox öffnen. Er hat doch eine Pillenbox?“

In dem Zustand hatten sie normalerweise eine. Eine Plastikbox mit lauter kleinen Fächern für morgens, mittags, abends und nachts, wo man die ganzen Pillen reintat, die sie zu bestimmten Zeiten immer einnehmen mußten.

„Ja“, sagte Marty, „die steht bei ihm auf dem Nachttisch. Ich hab ihm heute morgen sein Zeug gegeben. Er muß erst mittags wieder was kriegen.“

„Alles klar.“

„So“, sagte Marty, „und jetzt will ich Sie mit Carlos bekanntmachen.“

Wir gingen zurück durch den Korridor und die Küche und betraten das ehemalige Wohnzimmer, in dem jetzt Carlos’ Bett stand. Dort gab es eine hübsche schwarze Ledercouch mit zwei dazu passenden Sesseln, einen großen Fernseher samt Videorekorder, einen CD-Spieler und unzählige CDs. Außerdem war eine hohe, ziemlich vergilbte Zimmerpflanze da, ein richtiger kleiner Baum, und noch eine Menge anderer Pflanzen, die auch nicht besser aussahen. Der Raum war durch eine Wand aus runtergelassenen Jalousien geteilt. Die Couch hatte man mehr in die Mitte des Zimmers gerückt, und an der Rückseite dieser Couch stand das Bett. Es war ein Krankenhausbett mit leicht hochgestelltem Kopfteil. Carlos war bis zum Hals mit einem Bettuch zugedeckt. Sein Gesicht war schmal. Er hatte einen Bart mit lauter kahlen Stellen.

„Carlos?“ sagte Marty. „Carlos?“

Er schlug die Augen auf. Braune, wäßrige Augen.

Marty stellte mich ihm vor.

„Hi, Carlos“, sagte ich. Ich trat vorsichtig ans Bett und gab acht, daß ich nicht an den Urinbeutel stieß, der an der Seite herunterhing. Das Gestell für den Tropf stand an der anderen Seite. Im Moment war Carlos nicht an der Nadel. Ich streckte ihm die Hand entgegen. Er brauchte einen Moment, bis er mitkriegte, was los war, und dann zog er langsam seinen rechten Arm unter dem Bettuch hervor. Einen sehr dünnen Arm. Er hatte kein Hemd an. Seine Haut wirkte irgendwie verwaschen, als ob sie von Natur aus eher dunkel war, jetzt aber dieses teigige Aussehen bekommen hätte. Er hatte Haare auf Brust und Armen – schwarze, glatte Haare. Ich nahm seine Hand und machte etwas damit, das halb ein Schütteln, halb ein Drücken war.

„Hi.“ Seine Stimme war matt.

„Freut mich, Sie kennenzulernen, Carlos.“ Ich legte ihm meine Linke auf den Handrücken, so daß seine Hand zwischen meinen war. Er zog sie nicht zurück. Man spürt es, wenn sie das gern möchten, sogar wenn sie zu schwach sind, um sich zu bewegen. Ich hielt seine Hand weiter fest. Sie war feucht und kalt.

Marty erzählte Carlos, daß ich bis vierzehn Uhr bleiben würde, bis die Schwester kam. „Ich hab ihr alles gezeigt“, sagte Marty, „also sag ihr einfach Bescheid, wenn du was brauchst, okay?“

„Okay“, sagte Carlos. Er war es gewohnt, zu allem okay zu sagen. Er konnte sich ja sowieso nicht wehren.

„Okay. Mach's gut, Carlos.“ Marty drehte sich um und wollte gehen. Er war schon halb aus der Tür, als Carlos plötzlich ganz laut „Mach's gut!“ sagte. Er riß die Augen weit auf, als ob er Angst hatte.

Marty kam noch einmal zurück. „Heute abend bin ich wieder da“, sagte er langsam. Er wollte ihn beruhigen. Und er wollte selber glauben, was er sagte.

Ich merkte, wie Carlos die Hand bewegte. Marty sah mich an.

„Ich bringe Marty bloß rasch raus, Carlos“, sagte ich. „Ich bin gleich wieder da.“ Ich ließ Carlos' Hand los und legte sie auf das Laken.

Marty stand in der Zimmertür und winkte mir, mit auf den Korridor zu kommen. Er zog die Tür hinter mir zu.

„Meine Büronummer liegt neben dem Telefon“, sagte er nochmals. „Rufen Sie mich an, wenn Sie was brauchen.“

„Mach ich“, sagte ich.

„Wenn Carlos mich sprechen möchte, müßten Sie vielleicht für ihn wählen.“

„Okay“, sagte ich.

„Und wenn Sie anrufen und ich bin gerade nicht am Schreibtisch oder man muß mich erst anpiepen, dann können Sie auch unseren Freund Andy anrufen. Andys Nummer liegt auch da.“

„Okay“, sagte ich wieder. Er wollte nicht gehen.

Marty sah an mir vorbei zur Tür. „Ja ... also dann ... also ... Den Urinbeutel und so weiter haben Sie gesehen?“

„Ja“, sagte ich. „Ich werd ihn gleich wechseln.“

Er guckte auf den Teppich. „Das mit diesem Kondomkatheder ist Carlos schrecklich peinlich. Er wird keine Schwierigkeiten machen, aber –“ Marty hielt inne.

„Ich versteh schon“, sagte ich.

Marty seufzte. „Allein der Gedanke, daß er dieses verdammte – entschuldigen Sie – dieses Ding braucht.“

„Ist schon okay“, sagte ich.

„Die nächste Stufe.“

Ich nickte.

„Alles ist eine Stufe.“

Ich nickte abermals.

„Alles Neue ist praktisch ein Verlust.“ Er schüttelte den Kopf und schaute auf seine Armbanduhr. „O Mann, jetzt muß ich aber wirklich los.“ Er setzte sich in Bewegung, kehrte aber noch einmal um. „Wenn Sie einfach bloß so anrufen wollen – ist auch okay. Sie können jederzeit im Büro anklingeln, kein Problem.“

„Okay, Marty, mach ich.“

Er stand da, als versuchte er, sich an irgend etwas zu erinnern. „Na schön. Okay. Jetzt muß ich aber los. Machen Sie's gut“, sagte er schnell, und dann ging er.

Als ich wieder ins Zimmer kam, hatte Carlos die Augen geschlossen. Sein Mund war leicht geöffnet, er atmete stoßweise. Er hatte die Hand immer noch auf der Bettdecke liegen.

Ich ging ins Bad und wusch mir die Hände und zog Handschuhe an. Ich fand eine weiße Plastikschale und brachte sie ins Wohnzimmer. Ich stellte sie unter den Urinbeutel und drehte die Röhre ab und öffnete das Ventil unten, und der Urin lief in die Schale. Er war orangerot.

Ich machte das Ventil wieder zu, sah nach, ob der Beutel noch ordentlich fest hing, und brachte die Schale ins Bad, wo ich den Inhalt in die Toilette goß. Ich wusch die Schale aus und desinfizierte sie und stellte sie wieder weg. Dann zog ich die Handschuhe aus und warf sie in den Müll und wusch mir nochmals die Hände.

Ich weiß nicht, wie ich seine Stimme hören konnte, obwohl das Wasser rauschte, aber ich habe sie gehört.

„Marty!“ versuchte er zu rufen. „Marty!“

Ich rannte ins Wohnzimmer.

„Marty?“ sagte er. Seine Lider zuckten.

Ich nahm seine Hand. „Marty ist arbeiten gegangen. Er kommt nachher wieder.“

Er blinzelte mich an. „Und wer sind Sie?“

Ich nannte meinen Namen. Er hatte keine Ahnung.

„Ich bin von der Aidshilfe. Ich bleibe eine Weile bei Ihnen, bis die Schwester da ist. Marty kommt gleich nach der Arbeit wieder her.“

Er guckte mich immer noch mit großen Augen an. Nach einer Weile sagte er: „Ach so.“ Und dann: „Kennen wir uns?“

„Seit ein paar Minuten“, erwiderte ich.

Darüber mußte er erst mal einen Moment nachdenken. „Und wo waren Sie gerade?“

„Im Bad. Ich hab mir die Hände gewaschen.“ Ich streckte ihm meine Hände mit nach oben gekehrten Handflächen entgegen und drehte sie schnell herum, wie ein Kind, damit er sie prüfen konnte. „Hinter den Ohren waschen hab ich nicht mehr geschafft“, sagte ich.

Wieder brauchte er einen Moment, bis er begriffen hatte, dann lachte er und sagte: „Sehr gut.“

Sein Lachen war heiser. Aber es war toll, daß er noch lachen konnte. Ich lachte auch.

Er nahm meine linke Hand in seine rechte. „Ihre Haut fühlt sich ganz sauber an", sagte er. Dann zog er den anderen Arm unter dem Bettuch hervor und griff nach meiner rechten Hand. „Ihre Haut fühlt sich so sauber an."

Ich holte eine große blaue Salatschüssel aus der Küche, füllte sie mit warmem Wasser und tat Badeöl hinein. Dann holte ich einen Stapel frischgewaschene, weiche Handtücher und Waschlappen und reine Bettwäsche. Ich zog mir neue Handschuhe an. Ich stellte die Pillenbox auf die Couch.

„Sie können doch aufrecht sitzen, wenn ich Ihnen dabei helfe, oder?" fragte ich.

„Ich glaube ja", sagte er.

„Okay. Ich werde Sie jetzt bitten, daß Sie mir die Arme um den Hals legen und sich festhalten, und ich schiebe meine Arme unter Ihren Rücken und hebe Sie ein bißchen an, und dann bewege ich Sie."

„Okay."

Ich hob seine Arme hoch und legte sie mir um den Hals. Er war steif, und seine Haut war klebrig. Ich griff unter seinen Rücken. Ich fühlte seine Rippen an meinen Unterarmen und an den Handgelenken seine Wirbelsäule. Er war sehr dünn.

„Geht's so?" fragte ich.

„Ja", antwortete er mit zittriger Stimme.

„Okay, jetzt ziehe ich Sie ein bißchen zu mir ran, damit Sie sitzen können. Und dann halte ich Sie fest und schüttle Ihnen die Kopfkissen auf und bringe das Bett ein bißchen in Ordnung.

„Okay.“ Er hörte sich an wie ein Kind, das versucht, ganz tapfer zu sein.

Das Bett surrte, als ich den Knopf drückte, um das Kopfteil weiter hochzustellen. Er hielt sich an mir fest. Meine Haut spannte. Als er aufrecht saß, ließ ich das Bett einrasten.

„Und, wie geht's?“ fragte ich.

„Gut.“ Er atmete heftig aus.

Ich wartete einen Moment. „Okay. Und jetzt drehe ich Sie ein bißchen, damit Ihre Beine über den Bettrand hängen.“

Er nickte.

Ich faßte ihn fest um die Taille, hob ihn leicht an und drehte ihn herum. Ich hörte ihn wieder schwer atmen.

„Alles in Ordnung?“

„Ja“, sagte er laut und entschlossen.

„Sie machen das ganz wunderbar“, lobte ich. „Jetzt nur noch eine ganz kleine Bewegung, dann sitzen Sie. Und dann ziehe ich Sie noch ein bißchen vor zur Bettkante, damit ich Ihre Füße in die Schüssel tauchen kann.“

„Okay.“

Aber in dem Moment rutschte ihm das Bettuch weg. „O Gott“, sagte er. Er ließ mich los und hielt sich schnell die Hände vor den Schwanz, auf dem der Kondomteil des Katheters steckte.

„Entschuldigen Sie bitte“, stammelte er.

Ich guckte weg und wartete, bis er sich wieder zugedeckt hatte.

Er sagte nichts. Erst nach einer Weile: „So, jetzt ist es okay.“

Als ich mich umdrehte, hatte er sich das Bettuch wieder über den Schoß gezogen.

Ich legte ihm ein Handtuch um die Schultern. „Wenn Ihnen kalt wird, sagen Sie Bescheid", sagte ich. Es war stickig im Zimmer. Ich schwitzte, obwohl ich bloß im T-Shirt war. Mit einem kräftigen Ruck schob ich das Tablett mit der Schüssel näher zu ihm hin. „Fertig."

„Hm-hm", machte er.

Ich legte seine Handflächen auf die meinen und hielt sie ganz leicht fest, wie es mein Vater immer gemacht hatte, als ich Schwimmen lernen sollte und Angst vorm Wasser hatte. Ich ließ meine Hände unter seinen und senkte sie langsam ins Wasser, so daß sie zusammen mit meinen hineinglitten. Ich spürte, wie ihm die Hände zitterten. Ich hielt sie fest, bis sie ruhig waren. Ich fühlte ihre Form, die Struktur seiner vom Wasser weich gewordenen Haut.

Ich sah ihn an. Er hatte die Augen geschlossen.

„Schön", sagte er.

Ich zog meine Hände weg. Seine blieben im Wasser. Ich ließ das Wasser um sie herumfließen. Das Licht zeichnete Linien auf seine Haut, die sich fortwährend veränderten. Ich tauchte einen Waschlappen in die Schüssel und fuhr ihm damit leicht über die Handrücken.

„Und jetzt wasche ich Ihnen die Arme, okay?"

„Hm-hm."

Er ließ die Augen zu.

Ich drückte den Lappen im Wasser aus und fuhr damit über seine Unterarme bis hinauf zu den Ellbogen.

Er holte tief Luft. „Ach, ist das ein schönes Gefühl."

Ich schöpfte mit den Händen Wasser und ließ es ihm über die Arme laufen. Ich wusch ihm die Ellbogen und die Arme und trocknete sie ab. Ich wusch ihm die Achselhöhlen und die

Brust. Ich wusch ihm den Rücken und den Bauch und die Schultern. Als das Wasser langsam kalt wurde, holte ich noch einmal warmes, wieder mit Badeöl drin. Dann wusch ich ihm Hals und Gesicht. Ich wusch ihm die Stirn und die Augenlider, ich wusch ihn um den Bart herum und um den Mund. Der Duft des Öls breitete sich in der Luft aus, es roch nach Minze oder Eukalyptus.

Ich setzte mich auf den Boden und wusch ihm die Füße. Ich übergoß sie mit Wasser.

Er sah zu mir runter. Er strich mir übers Haar. Sein Gesicht war voller Freundlichkeit. „Danke", sagte er.

Als wir fertig waren, brauchte ich ihm nicht zu sagen, was er machen sollte, denn sein Körper folgte wie von selber meinen Bewegungen. Als ich seine Arme anhob, legte er sie mir von alleine um den Hals. Und seine Haut fühlte sich genauso sauber an wie meine. Ich schob ihm meine Arme unter den Rücken und legte ihn wieder hin. Ich hob seine Beine aufs Bett und richtete die Katheterröhre. Ich nahm das alte Bettuch weg und deckte ihn mit einem Handtuch zu. Ich drehte ihn auf die Seite, weg von mir. Sein Körper war schwerer, als er aussah, ließ sich aber leicht bewegen. Ich zog das Laken unter ihm heraus und legte ein neues, halb zusammengefaltetes hin. Ich rollte ihn zu mir rüber. Durch meine Kleider hindurch fühlte ich seine kühle, saubere Haut. Ich nahm das alte Laken weg und breitete die andere Hälfte des neuen unter ihm aus. Ich legte ihn auf den Rücken. Er atmete schwer.

„Geht's noch?"

„Ja", keuchte er. „Bloß ein bißchen müde."

Ich schüttelte das neue Bettuch aus und stopfte es am

Fußende unter die Matratze und dann, soweit es ging, auch an den Seiten. Ich nahm das Handtuch weg, vorsichtig, wegen der Katheterröhre, und zog das Bettuch hoch.

Als ich dabei war, ihn zuzudecken, hob er abwehrend die Hände.

„Decken Sie mich noch nicht zu“, sagte er. „Die Luft ist so angenehm. Ich möchte die Luft auf der Haut spüren.“

[Die Gabe Hunger]

Jeder wollte sie mästen. Die Leute brachten ihr Aufläufe und Gebäck und Fast Food mit. Ein Blick in ihren Kühlschrank, und ich wußte, wer sie besucht hatte. Ein Topf Pasta mit Tomaten und Ricotta, das hieß Joe und Tony. Ein Riesenpappteller mit Rippchen oder eine Schachtel Kentucky Fried Chicken oder ein großer Wachsbecher mit Plastikdeckel, zu zwei Dritteln voll Schokoshake, das hieß ein paar Kids aus dem Literaturzirkel. Selbstgebackene Schokoladenkekse, das hieß Ingrid und die Zwillinge.

Früher hatte ich es immer so einzurichten versucht, daß ich weg war, wenn der Altenpfleger mittags kam, doch nachdem wir trotzdem so oft zusammengetroffen waren, daß Connie einfach nicht mehr so tun konnte, als wäre sie kein Pflegefall, blieb ich, bis er da war. Es war sogar wichtig, daß ich auf ihn wartete und noch kurz mit ihm sprechen konnte, bevor ich ging.

Im dichtesten Morgenverkehr stieg ich unweit ihres Hauses aus dem Bus. Ich begegnete ihren Nachbarn, die zur Arbeit gingen, und mit der Zeit kannten sie mich schon und fragten: „Na, wie geht's Mrs. Lindstrom?" Und ich sagte: „Ganz gut die letzten Tage." Oder: „Ach, Sie wissen ja ..."

Wenn ich kam, nahm ich gleich die Post aus dem Kasten.

Ihr Briefkasten, der aussah wie eine Miniaturscheune, hatte oben eine Wetterfahne, an der man erkennen konnte, ob was drin war. An diesem Tag lag ein fein säuberlich in Packpapier eingeschlagenes Päckchen im Kasten, das laut Poststempel aus Vermont kam. Dazu einer von den vielen Rundbriefen, die sie regelmäßig kriegte, und die übliche Reklame. Sie sah sich immer alles ganz genau an. Die Reklame, sagte sie stets, halte sie darüber auf dem laufenden, was draußen in der Welt tatsächlich los ist. Manchmal guckten wir die Kataloge zusammen an, weil sie wissen wollte, wie ich diesen oder jenen Artikel für ihre Kinder fände.

Ich klopfte an ihre Tür und rief: „Hallo!" und schloß mit meinem Schlüsselbund auf. Im Fernseher liefen die Nachrichten. Sie fand Bryant Gumbel so unheimlich nett und sagte immer, das sei der einzige, der mit Barbara Walters mithalten könne.

Connie lag auf der Couch. Die Couch war beige, und das Bettzeug war auch beige, und weil Connie so klein war, bekam man mitunter gar nicht mit, daß sie dort lag, und merkte es erst, wenn man ihr Gesicht sah.

„Morgen, Connie", sagte ich und warf meinen Rucksack und die Jacke auf den Tisch.

Sie schmetterte mir bei laufendem Fernseher ein „Guten Morgen" entgegen, zog die Hand unter der Decke hervor und winkte. Das Licht vom Fenster hinter ihr ließ die Brillanten an ihrem Ehering funkeln. Manchmal hatte ich Angst, er könnte ihr vom Finger rutschen, aber sie war nicht bereit, ihn an einem sicheren Ort aufzubewahren, denn sie wollte ihn um keinen Preis abnehmen.

Ich brachte ihr die Post rüber zur Couch und fragte sie, wie es ihr ging.

„Gut“, sagte sie. Sie sagte immer, es ginge ihr gut.

„Warten Sie nur, wenn Sie erst mal Ihre Post sehen, dann geht’s Ihnen gleich noch viel besser.“ Ich half ihr, sich aufzurichten, und reichte ihr das Päckchen. Sie guckte durch die eingeschliffenen Lesegläser unten in ihrer Brille. Ihre Augen wurden immer größer.

„Ach!“ Sie hörte sich richtig glücklich an. „Das ist von Diane!“

Diane war ihre Tochter in Vermont. Sie war mit Bob verheiratet, und die beiden hatten zwei Kinder, Robert und Maria, und das dritte war unterwegs.

„Holen Sie mir bitte mal die Schere?“

Das Nähkästchen stand auf der Fußbank neben der Couch. Sie nähte und strickte zwar nicht mehr soviel wie früher, hatte ihre Handarbeitssachen aber immer griffbereit für Tony, der bei ihr lernte, wie man Babyschuhchen strickt. Er konnte es nämlich kaum erwarten, bis das neue Kind von Diane und Bob da war. Und außerdem wollte sie ihr Strickzeug bei sich haben, falls sie doch mal wieder Lust hätte. Ich nahm die Schere aus dem Kästchen. Sie steckte in einem alten Lederfutteral. Ich reichte sie ihr mit dem Griff zuerst.

Sie zerschnitt die Schnur und das Klebeband an dem Karton. Ich sah zu, wie ihre Fingergelenke arbeiteten. Sie war noch ganz schön flink. Sie klappte die Deckelhälften zurück und griff in die Schaumflocken.

„Ach, ist das lieb“, sagte sie.

Es war ein Kanister mit Vermont-Ahornsirup, der die Form eines Hauses mit einem dreieckigen Dach hatte. Der Deckel oben sollte den Schornstein darstellen. Auf den Kanister war ein Haus gemalt und ein Mann im Arbeitsanzug, der eine rote Mütze auf dem Kopf hatte, und Bäume und Eimer. Außerdem lag ein Umschlag dabei: „Für Großmama". Sie öffnete ihn mit der Schere. Dann legte sie die Schere auf die Couch und fing an, die Karte herauszuziehen, hielt aber inne, griff nach der Schere und sagte: „Legen Sie sie bitte wieder weg?"

Ich tat die Schere wieder in das Lederfutteral und verstaute sie im Nähkästchen. So was gehörte zu den Gewohnheiten, die Connie noch aus der Zeit hatte, als die Kinder klein waren.

Nachdem die Schere sicher verwahrt war, zog sie die Karte aus dem Umschlag. Es waren mit Bleistift gezeichnete Ahornblätter drauf, deren Linien mit Ölkreide rot, orange und gelb nachgezogen waren. Sie klappte die Karte auf. Innen drin war ein Foto.

„Ach, das sieht ja köstlich aus!" sagte sie.

Ich guckte ihr über die Schulter. Ich erkannte sie alle wieder von den Fotos, die sie mir bereits gezeigt hatte. Überall hatte sie Bilder von den Kindern in allen Altersstufen, und ein paar auch von sich und John. Sie war früher richtig dick gewesen.

„Aha, Diane läßt sich die Haare wachsen", sagte sie. Dann hielt sie das Foto auf Armlänge von sich weg und linste mal oben und mal unten durch die Brille. „Was meinen Sie, ist schon was zu sehen?"

Ich guckte. „Nö, noch nicht." Es waren ja auch erst ein paar Wochen vergangen, seit Diane ihrer Mama am Telefon gesagt hatte, daß sie schwanger war. Ich wußte nicht genau, wann sie niederkommen sollte.

„Also, der Bart steht Bob aber wirklich gut, finden Sie nicht auch?" Ich nickte, aber sie betrachtete immer noch das Foto.

„Und wie Maria in die Höhe geschossen ist! Vielleicht wird Maria ja wirklich mal Bobs Basketballstar ... und der süße kleine Robert."

Auf dem Bild hatte Maria den Arm um ihren kleinen Bruder gelegt. Sie hatten alle rote Mützen auf und Stiefel und karierte Wolljacken an, genau wie der Mann auf dem Sirupkanister.

„Nein, wirklich, ist das lieb", sagte sie noch einmal. Und dann las sie, was auf der Karte stand. Ich packte inzwischen das Einwickelpapier und die Schaumflocken zusammen. Als ich das Papier gerade zerknüllen und das ganze Zeug raustragen und wegschmeißen wollte, sagte sie: „Wollen wir die Verpackung nicht aufheben?"

„Klar", erwiderte ich. Connie hob nämlich immer alles auf.

„Verpackungen und so sind im Flur im Einbauschrank in dem Fach hinterm Staubsauger."

„Okay", sagte ich. Ich faltete das Papier zusammen und tat die Flocken wieder in den Karton und stellte ihn in den Schrank.

Als ich wieder ins Wohnzimmer kam, erzählte sie mir, was es Neues gab in der Familie und was in dem Brief stand. Ich hatte das Gefühl, diese Menschen zu kennen.

Sie nahm den Kanister in die Hand und las das Etikett: „Hundert Prozent reiner Vermont-Ahornsirup. Paßt wunderbar zu Pfannkuchen –" Sie hielt inne.

Ich saß neben ihr und las zu Ende. „– Toast und Waffeln. Probieren Sie ihn auch mal zu Ihrem Eis."

„Das wär was für Miss Kitty", sagte sie lachend. Miss Kitty, ihre alte Katze, war nämlich ein richtiges Leckermäulchen.

Und dann zog sie plötzlich so ein merkwürdiges Gesicht.

Sie nahm das Foto wieder zur Hand. „Wissen Sie, warum die mir das geschickt haben?"

Ich sagte ihr nicht, was ich dachte.

„Ich werd's Ihnen erzählen", sagte sie. Sie lehnte sich zurück. Ich schüttelte ihr das Kopfkissen auf. Sie schloß die Augen und holte tief Luft. Ich nahm die Fernbedienung und schaltete den Ton aus. Sie hielt immer noch den Kanister und das Foto in der Hand. Ihre Haut hatte braune Altersflecke. Die Adern waren dick und blau.

„Als Joe noch zur Schule ging, da haben sie mal so eine Fahrt gemacht. Mit dem Schulchor. Er liebte seinen Schulchor. Er hat ja bis heute eine sehr schöne Stimme, wissen Sie."

Sie erzählte mir, daß der Chor in einer Skihütte ein Konzert gegeben hatte. Die meisten Kinder waren zum ersten Mal auf so einer Fahrt, und darum waren sie völlig aus dem Häuschen vor lauter Aufregung. An dem Morgen, als sie wieder heimkommen sollten, gab es noch ein großes Pfannkuchenfrühstück. Joe sei schon immer ein sehr guter Esser gewesen, sagte sie. Und als er dann zu Hause war, habe er die ganze Zeit bloß von der Fahrt erzählt und von der ganzen Reise und wie groß die Pfannkuchen waren. Und irgendwann hatten die Lindstroms die Nase voll von dem ganzen Gerede und sagten, ihre Mama, also Connie, könne genauso gute Pfannkuchen bakken, und da habe sie eben Pfannkuchen gemacht, und Joe habe gesagt, die seien schon sehr gut, aber nicht *so* gut. Die anderen fanden die Pfannkuchen prima, und schließlich hatte John – früher hatte sie immer „mein verstorbener Mann" gesagt, aber neuerdings sprach sie nur noch von ihrem Mann oder einfach von John – also schließlich hatte John eine andere Sirupflasche aus dem Schrank geholt und es damit probiert, aber Joe hatte immer noch gesagt, sie wären nicht *so* gut. Und daraufhin hatte Connie das nächste Mal noch eine andere Sorte Sirup gekauft, aber Joe blieb dabei, daß ihre Pfannkuchen nicht *so* gut wären. Inzwischen war das ganze schon ein Witz. Niemand erwartete mehr, daß Joe irgendwann sagen würde, die Pfannkuchen von seiner Mama seien ebenso gut wie die auf der Fahrt. Und seitdem schenkte ihm jeder in der Familie zu Weihnachten oder zum Geburtstag und zu allen möglichen anderen Festtagen Sirup, und irgendwann hatte Joe auch damit angefangen, und seitdem schenkte er den anderen ebenfalls welchen. Sie wüßten natürlich alle, sagte Connie, auch die Kinder, als sie noch jünger waren, daß es gar nicht um die Pfannkuchen ging, ja nicht einmal um den Sirup, sondern einfach darum, daß sie in ihrer Familie eben dieses ganz besondere Geschenk hatten, das sie einander machten.

„Und darum hat mir Diane den Sirup geschickt", sagte Connie.

„Toll", sagte ich. „Eine wunderschöne Geschichte."

Ich ließ ihr einen Moment Zeit. „Und?" fragte ich dann, „wollen Sie ihn mal probieren, den Sirup?"

„Aber sicher. Gerne!" sagte sie bemüht forsch. „Ich hab bloß im Moment keinen Hunger."

„Okay", sagte ich. „Ich bringe Ihnen Ihren Saft, und vielleicht kriegen Sie dann Lust, doch noch einen Happen zu essen."

„Ist gut", sagte sie.

Ich brachte ihr ein großes Glas Saft ohne Strohhalm. Sie freute sich immer, wenn sie ohne Strohhalm trinken konnte. Auf dem Couchtisch stand ihre neue Pillenbox. Sie tat Sirup, Karte und Foto auf den Tisch, und ich gab ihr die Pillenbox.

Sie stellte sie auf die Bettdecke und öffnete das Morgens-Fach. Sie nahm ihre Pillen eine nach der anderen heraus. Sie mußte sie mit viel Flüssigkeit schlucken und außerdem langsam, so daß das Ganze ein bißchen dauerte. Sie hatte es gern, wenn ich bei ihr saß und mit ihr redete, während sie ihre Pillen schluckte. Also saß ich bei ihr und erzählte ihr, wie ich die letzten Abende verbracht und was ich mir fürs Wochenende vorgenommen hatte. Sie sagte immer, sie finde es schön, zu hören, was die jungen Leute heutzutage so unternahmen, und sie sagte ihren Kindern alles weiter, was ich ihr so berichtete. Von den anderen Menschen, bei denen ich arbeitete, habe ich ihr nie etwas erzählt.

Manchmal sagte sie zwischen zwei Pillen etwas, aber das kam nicht oft vor, denn sie mußte sich konzentrieren. Sie mußte ganz langsam machen. Mitunter, wenn sie besonders lange brauchte, versuchte ich ihr gut zuzureden, aber nicht zu sehr, denn ich wollte nicht, daß sie sich noch schlechter fühlte als so schon, daß sie sich wie eine Versagerin vorkam, weil sie so langsam war.

Nach dem letzten Medikament trank sie den ganzen Saft, der noch im Glas war, auf einmal aus. Das war gut.

„So“, sagte ich, „hätten Sie jetzt Lust auf ein paar Pfannkuchen mit Sirup?“

Sie machte hm-hm und schaltete den Ton wieder ein. „Aber noch nicht gleich ... Das soll sich erst mal ein bißchen setzen.“

„Gute Idee“, sagte ich, als ob sie diese Ausrede zum ersten Mal gebrauchte. „Wie wär’s denn, wenn ich erst mal das Badezimmer aufräume?“

Ich sagte immer Aufräumen statt Saubermachen, damit es

sich nicht so gewaltig anhörte, nicht so, als ob es wirklich sein müßte. Ich ging ins Bad und holte das Putzzeug raus. Als erstes nahm ich mir die Wanne vor.

Joe rief sie normalerweise immer morgens während seiner Frühstückspause an. Dann sprachen sie darüber, was in den Nachrichten gelaufen war und wie es ihm ging und ob er ihr irgendwas mitbringen sollte, wenn er das nächste Mal kam. Ich bin ihm ein paarmal begegnet, aber nur kurz. Er war ein süßer Junge, genau wie Tony, sein Freund. Einmal erzählte er mir, er habe ein schlechtes Gewissen, weil doch eigentlich er krank sein müßte, und nicht seine Mutter. Aber er und Tony waren beide negativ. Er wisse schon, daß er deswegen kein schlechtes Gewissen zu haben brauche, sagte Joe, er habe aber trotzdem eines. Und dann sagte er noch, daß seine Mutter nie was Unrechtes getan habe und daß sie das einfach nicht verdient habe. Ich erwiderte darauf, daß er doch auch nichts Unrechtes getan habe und es ebensowenig verdienen würde. Und kaum, daß ich das gesagt hatte, fand ich selber, daß es sich furchtbar salbungsvoll anhörte, und wäre froh gewesen, wenn ich mir die Bemerkung verkniffen hätte, aber Joe sah mich bloß an. Er wußte, daß seine Mutter ihm nicht böse war. Sie hatte nichts gegen Schwule. Sie war ja nicht mal den Blutbanken böse, wozu sie wirklich allen Grund gehabt hätte. Doch Joe nahm mir nicht übel, was ich gesagt hatte. Er bedankte sich immer, daß ich seiner Mutter half, und sagte mir, sie wären ja alle so froh, daß jemand da sei, den sie sympathisch finde, und daß sie endlich eine Hilfe habe. Von ihren Kindern wollte sie sich nämlich bei gewissen Dingen nicht helfen lassen.

Als ich mit dem Badezimmer fertig war und wieder zu ihr

kam, erzählte sie mir, Joe habe angerufen, und sie habe ihm von dem Sirup erzählt, den Diane ihr geschickt hatte.

„Ach ja, richtig, vielleicht möchten Sie ihn ja mal kosten?" sagte ich in einem Ton, als würde ich sie zum erstenmal fragen.

Sie zögerte. „Noch nicht gleich", sagte sie. „Aber eine Tasse Tee wär doch schön. Und Sie machen sich einen Kaffee, und dann können wir ein bißchen zusammen fernsehen."

„Tolle Idee", sagte ich und ging in die Küche, um Wasser aufzusetzen. Ich schaufelte mir ein paar Löffel von meiner Französischen Röstung, die ich bei ihr deponiert hatte, in die Tasse und nahm ein Päckchen Pfefferminztee aus dem Schrank. Während das Wasser heiß wurde, räumte ich die Küche auf. Im Kühlschrank war ein neuer Topf – sah nach Tony aus, Makkaroni mit Schinken-Sahne-Sauce. Noch voll bis auf ein winziges Häppchen.

Ich beobachtete Connie durch das Fenster zwischen Küche und Wohnzimmer. Der Fernseher lief, aber sie hatte nur Augen für den Sirupkanister.

Dann kochte das Wasser, und ich brachte ihr ihren Tee. Meinen Kaffee ließ ich in der Küche stehen. Ich stellte ihr den Tee auf den Couchtisch. Sie beugte sich vor, pustete, setzte die Tasse an die Lippen und trank einen kleinen Schluck. Sie behielt den Tee einen Moment im Mund, ehe sie ihn hinunterschluckte.

Sie blieb ein Weilchen so sitzen, dann atmete sie aus. „Hmm, schmeckt das gut", sagte sie.

„Freut mich." Ich stand immer noch da.

„Okay", sagte sie mit fester Stimme. „Versuchen wir's also mit Pfannkuchen und Sirup."

„Na super", sagte ich.

„Das war so lieb von Diana, daß sie mir den Sirup geschickt hat", sagte Connie. „Der wird mir bestimmt gut schmecken." Sie nickte, als ob das schon klar war. „Und machen Sie für sich selber auch ein paar."

Ich wollte nach dem Kanister greifen, um den Sirup anzuwärmen. Sie hielt ihn noch einen Augenblick fest, dann überließ sie ihn mir.

„Danke", sagte ich, „ich hab schon gegessen, bevor ich hergekommen bin."

Wir hatten schon alles mögliche probiert. Eine Zeitlang hatte ich immer mit ihr zusammen gegessen, weil es manchmal einfacher für die Betroffenen ist, wenn jemand mit ißt. Das ist dann so, als würde man zusammen speisen, nicht nur einfach essen, um am Leben zu bleiben. Aber dann hatte ich es aufgegeben, mit ihr zusammen zu essen.

Sie langte nach ihren Stricksachen. Der Korb fiel ihr aus der Hand. Die angefangene Strickarbeit lag auf dem Boden, und das Wollknäuel rollte weg. Ich hob alles auf und gab es ihr.

„Danke", sagte sie.

Dann ging ich in die Küche und machte mich an die Pfannkuchen. Zwischendurch schaute ich durch das Fenster nach ihr. Sie zupfte ihr Strickzeug im Korb zurecht. Am Anfang hatte ich sie ein paarmal gebeten, nicht erst noch mit Stricken anzufangen, während ich ihr eine Mahlzeit zubereitete, weil es ja gleich Essen gebe. Doch dann war mir klargeworden, daß sie das tat, um sich zu beruhigen.

Ich schüttete das Pfannkuchenmehl in eine Schüssel. Ich gab Milch, Eier und *Ensure* dazu. Im Kühlschrank hatte ich eine Packung davon gefunden. Man sollte es nach Möglichkeit überall dran tun. Ich briet die Pfannkuchen in richtig viel Butter und tat eine große Handvoll Blaubeeren mit dazu. Ich goß den Sirup in ein Kännchen und wärmte ihn im Wasserbad an. Während ich die Pfannkuchen umdrehte, trank ich meinen Kaffee. Als sie fast fertig waren, sagte Connie plötzlich: „Ach, wissen Sie, ich glaube, ich könnte auch noch ein Ei dazu essen. Ob Sie mir wohl außerdem noch ein Ei machen würden?"

„Kommt sofort!" rief ich mit meiner Imbißstubenköchinnenstimme. Das fand sie immer zum Totlachen. Und dann sang ich noch „Ein wuuhunderschööhönes Spiehiegelei!" Denn so mochte sie's am liebsten. Toll, daß sie noch ein Ei wollte.

Ich schaute zu ihr rüber. Sie klapperte mit ihren Stricknadeln. Wirklich toll.

Ich tat zwei Pfannkuchen und das Ei auf einen Teller und tat ihn zusammen mit dem Sirup, der Butter, ihrem silbernen Besteck und meinem Kaffee auf ein Tablett. Ich nahm das Tablett und brachte es ihr und stellte es auf den Couchtisch und rückte den Tisch zu ihr heran. Sie packte ihre Stricksachen zusammen und verstaute den Korb neben sich. Den Tee rückte ich etwas beiseite, damit genug Platz fürs Essen war. Sie hatte nichts getrunken.

„Darf's sonst noch was sein?" fragte ich.

„Nein, danke." Sie betrachtete die Pfannkuchen. „Die sehn ja phantastisch aus. Die könnten vielleicht sogar Joe gefallen."

„Vielleicht." Wir mußten beide lachen.

Sie holte tief Luft. „Na los, Connie", redete sie sich zu, „hau rein."

Sie fing an, die Pfannkuchen zu zerschneiden. Die Sehnen in ihren Händen waren weiß.

Ich aß, wie gesagt, seit einiger Zeit nicht mehr mit ihr zusammen, weil es nichts geholfen hatte. Sie hatte geredet, und ich hatte gegessen. Wenn's hochkam, hatte sie mal ein bißchen auf ihrem Teller herumgestochert. Und darum machten wir es inzwischen so, daß ich ihr das Frühstück zubereitete, mich aber nicht mehr zu ihr setzte, während sie aß, weil sie nicht wollte, daß ich zuguckte, sondern in dieser Zeit ein anderes Zimmer putzte.

Doch wenn ich nicht dabei war, aß sie so gut wie überhaupt nichts, und darum unterhielten wir uns wieder, bis sie schließlich sagte, es sei ihr peinlich. Sie sagte, sie wolle nicht, daß jemand sie so sieht – das war, bevor es auf Dauer so schlimm wurde –, und da haben wir uns dann geeinigt, daß ich dabeisitze, wenn sie ißt, aber ich mußte versprechen, daß ich nicht versuche, ihr zu helfen, und sie auch nicht hinterher frage, ob ich ihr helfen soll, es sei denn, sie bittet mich ausdrücklich darum. Sie bat mich nie.

Sie wollte nicht, daß jemand bei ihr war, weil sie nicht wollte, daß jemand sie so sah. Außerdem war Essen eines der wenigen Dinge, die sie noch alleine tat, von denen sie glaubte, sie könne sie noch alleine tun.

Sie begoß die Pfannkuchen zu einem Teil mit warmem Sirup. Sie gab acht, daß sie den Sirup nicht verschüttete. Sie stellte das Kännchen ab und nahm ihre Gabel zur Hand und schob sich ein kleines Stückchen Pfannkuchen in den Mund. Sie kaute lange, bevor sie es hinunterschluckte. Ich trank Kaffee und sah fern.

Ein paar Sekunden nachdem sie geschluckt hatte, sagte sie: „Die sind ja ausgezeichnet! Die sind ja wirklich ganz köstlich!"

„Gut!" sagte ich. Ich wollte nicht, daß sie mir anhörte, wie erleichtert ich war. „Dann meinen Sie also, die könnten den Joe-Test bestehen?“ scherzte ich.

„Könnte sein“, sagte sie und nickte. „Könnte durchaus sein.“ Sie sah auf ihren Teller. Sie holte tief Luft, atmete wieder aus, nahm noch einen Bissen, kaute, schluckte runter. Beim dritten Anlauf probierte sie es mit dem Ei. Ich guckte weiter zum Fernseher, konnte aber hören, was sie tat.

Beim vierten Happen hörte ich, daß sie ihn im Mund behielt. Nach einer kleinen Weile schluckte sie etwas davon runter, nicht alles. Wieder vergingen ein paar Sekunden, und dann schluckte sie auch den Rest hinunter. Ich trank einen Schluck Kaffee. „Ob Sie das wohl wegnehmen könnten?“ bat sie leise und in bemüht höflichem, bemüht normalem Ton.

„Klar“, sagte ich, ebenfalls bemüht, mich normal anzuhören. Ich stellte den Teller und alles andere auf das Tablett.

„Sie schmecken wirklich köstlich“, sagte sie. „Sie können wunderbar kochen.“ Sie wollte mich nicht kränken.

„He, Connie“, sagte ich, „das ist schon okay. Wirklich.“

Während ich das Tablett hinaustrug, sagte sie: „Vielleicht kann ich es ja nachher noch einmal mit ein paar Haferflocken versuchen.“

„Hervorragend!“ sagte ich, obwohl ich meine Zweifel hatte, daß das besser funktionieren würde. Aber manchmal klappte es ja wirklich noch mit Haferflocken, wenn gar nichts anderes mehr ging.

In der Küche stellte ich das Geschirr ins rechte Spülbecken und setzte Wasser auf. Ich tat den Sirup und die Butter weg. Als das Wasser kochte, rührte ich die Haferflocken hinein. Ich holte die Milch und den braunen Zucker raus. Und dann füllte ich die Haferflocken in ein Näpfchen und brachte es ihr.

„Danke“, sagte sie kleinlaut.

„Aber das ist mir doch ein Vergnügen“, sagte ich bemüht optimistisch.

Sie steckte den Löffel in die Haferflocken und schaufelte einen ordentlichen Klumpen drauf. Sie hob den Arm und führte den Löffel zum Mund. Ich versuchte, meinen Kaffee zu trinken und fernzusehen, aber in Wahrheit beobachtete ich sie aus dem Augenwinkel. Als der Löffel noch etwa zwei Zentimeter von ihren Lippen entfernt war, hielt sie inne. Ihr Mund ging auf, doch bevor sie den Löffel hineinschieben konnte, war er schon wieder zu. Sie schlug mit dem Löffel auf den Rand ihres Näpfchens, so daß der größte Teil der Haferflocken herabfiel und nur noch ein kleiner Rest am Löffel kleben blieb. Diesen kleinen Rest nahm sie in den Mund und schloß die Lippen um den Löffel und machte die Augen zu und schluckte. Nach einer Weile atmete sie aus. Sie öffnete die Augen wieder und sagte: „Könnte ich wohl noch ein bißchen mehr Milch drauf haben?“

„Klar“, sagte ich. „Kommt sofort.“ Das war kein gutes Zeichen, denn ich hatte schon genau die Menge Milch genommen, die sie immer haben wollte.

Ich ging in die Küche und nahm die Milch aus dem Kühlschrank und brachte sie ihr. Ich hielt sie über den Napf und goß, bis sie „halt“ sagte. Sie steckte den Löffel wieder hinein und rührte. Sie rührte sehr lange.

Ganz langsam führte sie einen Löffelvoll zum Munde. Ich hörte, wie sie zu schlucken versuchte. Ich trank einen ordentlichen Schluck Kaffee. Ich guckte auf den Fernseher. *Schlukken. Schlucken. Schlucken*, dachte ich. Ich spürte, wie der Kaffee durch mich hindurchlief. *Drinbleiben. Drinbleiben. Drinbleiben*, dachte ich.

Sie legte den Löffel vorsichtig hin. Sie lehnte sich zurück. Ich hörte sie tief und gleichmäßig atmen.

Ich fing an zu zählen. Ich kam bis drei.

„Entschuldigen Sie bitte“, sagte sie.

„Okay“, sagte ich. Ich wollte, daß sie mich um Hilfe bat, doch sie tat es nicht.

Ich stellte die Haferflocken und alles andere auf das Tablett und trug es wieder in die Küche. Ich ließ heißes Wasser ins linke Spülbecken laufen und spritzte etwas Abwaschmittel hinein. Ich guckte nicht ins Wohnzimmer, wo sie mit ihrem Stock hantierte und mühsam aufzustehen versuchte, denn sie wollte nicht, daß ich es sah. Ich fragte sie nicht, ob ich ihr helfen sollte. Ich hatte ihr versprechen müssen, daß ich das niemals tun würde.

Ich stand übers Spülbecken gebeugt, mit dem Rücken zum Flur, von dem das Bad und das Schlafzimmer abgingen. Das Wasser plätscherte wirklich laut, und doch hörte ich genau, was vor sich ging, weil es jedesmal dasselbe war: das Schlurfen ihrer Füße und das dumpfe Tock-Tock-Tock ihres Gehstocks. Dann das Öffnen der Badezimmertür und das Klicken, wenn sie das Licht und die Belüftung anknipste, dann das Rauschen der Belüftung und das Schließen der Tür. Dann ihr Schluchzen. Ich drehte das Wasser von heiß auf kalt und den Hahn von dem Becken, in dem der Seifenschaum war, in das andere. Und dann, weil sie es so wollte, schaltete ich den Müllschlukker ein. Ich wischte die Haferflocken samt Milch und Zucker aus dem Näpfchen und schob sie in den Müllschlucker.

Das Wasser lief, und der Müllschlucker war laut, doch nicht so laut, daß er das Geräusch ihres Erbrechens übertönen konnte.

Das war das Essen, das sie nicht essen konnte. Nichts von alledem vermochte ihren furchtbaren Hunger zu stillen.

Es dauerte nicht lange, und es war nicht viel, aber es war alles, was sie hatte. Ihr Körper wollte es nicht bei sich behalten. Ihr Körper gab alles von sich, bis nichts mehr da war.

Dann das Geräusch ihres schweren Atmens und das Geräusch der Toilettenspülung und dann, einen Moment später, das Öffnen der Tür und das Ausknipsen des Lichts. Dann ging sie durch den Flur zum Schlafzimmer, zu dem Bett, in dem sie ihre Kinder geboren hatte. Mit der einen Hand hielt sie sich an der Wand fest, mit der anderen stützte sie sich auf den Stock, und so schleppte sie sich zum Bett und legte sich hin.

Ich nahm die Wasserflasche, die auf dem Küchenschrank stand, und goß ein Glasvoll ein. Ich wartete – weil sie mich darum gebeten hatte –, bis ich sie rufen hörte. Ich brachte ihr das Wasser. In ihrem Zimmer hörte ich sie schwer atmen. Ich hörte, obwohl sie es so leise sagte, daß man es nur verstehen konnte, wenn man es schon sehr, sehr oft gehört hatte und genau wußte, worauf man horchen mußte, was sie sagen wollte. Sie wollte sagen: „Ich habe Durst."

Ich hielt das Glas mit dem Strohhalm in beiden Händen. Ich kniete mich neben das Bett und schob ihr meinen Arm unter den Nacken. Ich hob ihren Kopf an, und sie öffnete den Mund. Ich hielt ihr das Wasser an die Lippen und hoffte, sie würde es trinken können.

[Die Gabe Beweglichkeit]

Ich besuchte Ed im Hospiz.

Es war ein kleines Hospiz, alles ganz neu und behaglich. Acht Leute konnten dort wohnen. Man ging zur Rezeption und sagte, zu wem man wollte, und dann wurde der Betreffende angerufen und gefragt, ob er in der Verfassung sei, Besuch zu empfangen.

Ed hatte seinen eigenen Fernseher im Zimmer und sein eigenes Bettzeug, und an den Wänden hingen seine Bilder, und es stand auch einiges von dem Schnickschnack herum, den ich früher immer abgestaubt hatte. Es war schön, daß das Zimmer so aussah, als wäre es sein Zuhause, als würde er jetzt einfach mal eine Weile dort wohnen, und nicht wie die Endstation.

„Nett hast du's hier."

„Ja. Ich mag mein Zimmer richtig gern."

Es war gut, daß er „mein Zimmer" sagte.

„Du siehst gut aus", sagte ich. Und er fragte, ob ich das ernst meine, und ich sagte ja. Er sah wirklich nicht schlecht aus. Verglichen mit den anderen hier im Hospiz sogar umwerfend gut.

Ed fing sofort an, über das Hospiz zu reden. Er habe sich

schon mit ein paar Leuten angefreundet. Er habe mächtig Eindruck geschunden an dem Tag, als er eingezogen war, sagte er. Es sei allgemein bekannt gewesen, daß er eigentlich schon früher kommen sollte, gleich als die Hospizleitung ihn zum erstenmal angerufen hatte. Als der Name von seinem Vorgänger von der Tür abgenommen wurde, habe man sofort seinen Namen dort angebracht. Aber als er dann nicht erschien, dachten sie, er wäre gestorben. Und als er dann kam (sein Vorgänger war nur kurz dagewesen), sagten sie, das sei ja ein irrer Zufall, ein anderer Typ, der auch Ed hieß, habe vor einer Weile hier einziehen sollen, aber der sei gestorben. Und da hatte Ed gesagt, daß er dieser Ed ist, und die anderen hatten gestaunt und gesagt, dann sei er also gar nicht gestorben, und Ed hatte nein gesagt. Er hatte ihnen erzählt, daß er das Zimmer beim ersten Mal bloß nicht haben wollte, weil er keine Lust hatte, und da waren sie alle mächtig beeindruckt gewesen. Bis dahin hatte nämlich noch nie einer ein Zimmer abgelehnt. Und deshalb hatten sie alle einen Heidenrespekt vor ihm, weil er den Mechanismus durchbrochen hatte. Und dann hatten sie gefrotzelt und gesagt, wenn er den einen Mechanismus durchbrochen habe, könnte er den anderen vielleicht auch durchbrechen. Und daß er dann vielleicht der eine wäre, der hier lebend rauskommt.

Ich hatte Ed seit Wochen nicht mehr gesehen. Damals bei ihm zu Hause hatte er gesagt, seine Schwester werde ihn besuchen kommen, und er brauche niemanden und wolle nicht, daß sich außer der Krankenschwester noch jemand bei ihm blicken läßt. Er habe Margaret und seinen Sozialarbeiter angerufen und ihnen das mitgeteilt. Aber ein paar Tage nachdem seine Schwester angeblich aufkreuzen sollte, hatte die

Krankenschwester den Sozialarbeiter angerufen und gesagt, Eds Wohnung sei total verkommen – die Schwester sei nicht erschienen, aber das habe Ed keinem erzählt, und nun versuche er, alles alleine zu machen. Er selber sei auch nur noch ein Wrack. Und da hatte ihn der Sozialarbeiter wieder auf Position eins der Warteliste für einen Hospizplatz gesetzt. Ed hatte zwar immer noch nicht gewollt, aber irgendwann war es nicht mehr anders gegangen.

Als ich ihn das erste Mal dort besuchte, kam er mir verändert vor. Irgendwie bissig. Er wollte weder über seine Schwester noch über die Wohnung reden, noch über irgend etwas, das mit seinem früheren Leben zu tun hatte. Er sagte Sachen wie: „Ich bin erst hier eingezogen, als ich verdammt noch mal reif dafür war. Ich hätte auch woanders hingehen können, aber ich hab mich für dieses Hospiz hier entschieden. Ich bin hier eingezogen, als ich für mich soweit war. Niemand hat mich gezwungen."

Unmittelbar bevor ich ging, sagte er: „Warum bist du hergekommen?"

„Weil ich dich besuchen wollte", sagte ich.

„Nicht, weil du mußtest?" fragte er.

Wenn sie ins Hospiz oder auch nur für eine Weile ins Krankenhaus gingen, waren sie für uns keine Pflegefälle mehr. Darauf spielte er an.

„Nein, Ed, nicht, weil ich mußte", sagte ich. „Ich wollte dich einfach sehen."

Er wandte den Blick ab und zuckte die Achseln und sagte ganz leise: „Ach so."

Als ich dann ging, begleitete er mich bis zur Tür. Ich legte ihm den Arm um die Taille, und er drückte mich. Er war steif, aber er hielt mich lange fest. Wir standen immer noch so da, als er plötzlich fragte: „Wirst du wiederkommen?"

„Sehr gerne", sagte ich.

Und er darauf: „Okay."

Ich besuchte ihn jedes Wochenende. In den ersten Wochen gefiel es ihm im Hospiz. Er gewann lauter neue Freunde. Er stellte sie mir vor. Seine alten Freunde hatte ich nie kennengelernt, und er hatte auch nie von ihnen geredet. Er sagte, er fände es toll, wie er mit seinen Kumpels aus dem Hospiz rumsitzen und reden und tratschen könne. Hier hätten die Leute wirklich Verständnis füreinander, sagte er. Das sei wie unter alten Kameraden, die sich ihre Kriegserlebnisse erzählen. Die würden alle qualmen wie die Schlote, sagte er, sogar die, die vorher Nichtraucher gewesen seien. Er lachte. „Ich meine, wozu soll uns hier noch einer sagen, daß wir's aufgeben sollen?"

Manchmal, wenn ich bei ihm anrief und fragte, ob ich ihm irgendwas mitbringen kann, sagte er: „Zigaretten?" Sie teilten sie sich untereinander.

Es war gut, daß Ed jetzt hier war. Als er noch zu Hause wohnte, war er schrecklich depressiv gewesen. Er sah ja auch keinen Menschen außer dem Pflegepersonal und den Ärzten und den ach so perfekten Typen in der Glotze. Viele seiner alten Bekannten waren inzwischen tot, und er sagte immer bloß, er wolle überhaupt niemanden mehr sehen. Eine Zeitlang gab ihm das Hospiz, gaben ihm die anderen dort richtig Kraft.

Doch als er etwa einen Monat dort war, starb einer von seinen neuen Freunden. Und am Wochenende darauf noch zwei. Es war, als würden sie in Grüppchen gehen. Es kamen neue Leute, und diese neuen Leute waren auch nett, und Ed gab sich seinerseits Mühe, nett zu ihnen zu sein, aber je länger er dort war, desto weniger Lust hatte er, sich mit jemandem anzufreunden. Mit Sterbenden wolle er keine Freundschaft schließen, sagte er.

Eines Tages kam ich zu ihm, und da war er der letzte, der noch übrig war von der alten Besatzung. Alle anderen waren tot. Es paßte ihm nicht, daß er der älteste Insasse war. Es käme ihm so vor, als ob die andern bloß darauf warteten, daß er den Löffel abgab, er halte das Zimmer wohl schon zu lange besetzt, er habe das dumme Gefühl, daß er die Gastfreundschaft mißbrauche. „Es gibt ja schließlich eine Warteliste", sagte er sarkastisch, und dann seufzte er und fügte hinzu, eigentlich wisse er ja, daß das Personal nicht darauf warte, daß er stirbt, aber er selber warte darauf. Er fühle sich wie in so einer Art Zwischenlager, wo man auf den Tod wartet.

Er fragte, ob ich mich noch erinnern könne, wie er auf den Anruf vom Hospiz gewartet hatte, auf die Nachricht, daß es ein Zimmer für ihn gibt. Ich sagte, ja, daran kann ich mich noch erinnern. Das war das einzige Mal, daß er von früher sprach. Jetzt sei ihm klargeworden, sagte er, daß er damals darauf gewartet habe, daß in diesem Zimmer, er sagte nicht „in meinem Zimmer", jemand stirbt.

„Wenn hier einer stirbt", sagte er, „dann reden alle im Hospiz ein, zwei Tage lang von dem Betreffenden, danach nicht mehr." Es kämen ja ständig neue Leute, da könne man sich beim besten Willen nicht an jeden erinnern, der gestorben ist. „Und wenn wir alle tot sind", sagte er, „dann wird keiner mehr übrig sein, der sich an uns erinnert."

Als ich das nächste Mal kam, fragte ich ihn, wie es ihm geht: „Ich habe Aids", fuhr er mich an. „So geht es mir." Ich schwieg. Er starrte an die Decke.

„Ich hab dir Zigaretten mitgebracht."

„Danke."

Ich holte die Packung aus der Tasche und wollte sie ihm geben. Er nahm sie nicht sofort. Er blinzelte hoch zur Decke. Seine Augen waren gerötet. Er hatte die Lippen fest aufeinandergepreßt. Nach einer Weile streckte er die Hand aus und sagte mit ganz kläglicher Stimme: „Danke." Er nahm die Zigaretten. „Entschuldige bitte, daß ich dich so angefahren hab", sagte er.

„Ist schon okay, Ed."

Er sagte, er wolle rausgehn und eine rauchen. Drinnen durfte nicht geraucht werden. Wir gingen also hinaus und setzten uns an einen Tisch unter einem großen Sonnenschirm. Es war ein herrlicher Tag. Ich fing an, ihm zu erzählen, was ich alles gemacht hatte. Normalerweise fragte er immer von selber danach. Er nickte ab und zu, sagte aber nichts. Nach einer Weile hörte ich auf zu reden, und wir saßen einfach so da. Später kam dann ein anderer Hospizbewohner angeschlurft, ein Neuer, den ich noch nie gesehen hatte. Er und Ed begrüßten sich mit einem Klatscher. Es war ein ziemlich schlapper Klatscher. Ed bot dem andern eine Zigarette an, worauf er sich zu uns setzte.

Ich sagte ihm guten Tag, doch Ed machte uns nicht miteinander bekannt. Der Typ und Ed fingen an, sich über irgendwelche Leute zu unterhalten, die ich nicht kannte, die neu im Hospiz waren. Als sie ihr Gespräch unterbrachen, um sich die nächste anzustecken, sagte ich: „Ich glaub, ich geh dann mal."

„Ach“, sagte Ed und war auf einmal ganz verlegen. „Ich bring dich noch zur Tür.“ Er wedelte das Streichholz aus und legte seine Zigarette auf den Aschenbecherrand. Dann stand er auf und stellte mir den Jungen vor. „Und das ist meine Freundin“, sagte er zu ihm.

Wir gingen zur Tür. Ed freute sich immer, daß er das noch konnte. Viele Hospizbewohner waren dazu nicht mehr in der Lage, und so stand Ed oft auf, wenn ihre Besucher gehen wollten, und begleitete sie hinaus. Es war ihm wichtig, daß er sich ein bißchen von denen unterschied, die richtig krank waren.

An der Tür umarmte ich ihn zum Abschied, wie wir es immer taten. Als ich mich langsam von ihm lösen wollte, drückte er mich noch fester an sich.

„Entschuldige bitte, daß ich in letzter Zeit immer so garstig zu dir war“, sagte er mit dem Mund in meinem Haar.

„Du warst völlig okay, Ed“, sagte ich. Aber ich wußte schon, was er meinte.

Er hielt mich immer noch im Arm, so daß ich sein Gesicht nicht sehen konnte.

„Ich will nicht mehr hier sein“, sagte er. „Wenn ich doch bloß hier weg könnte.“

„Armer Ed“, sagte ich. Meine Wange lag an seiner Brust. Ich konnte seine Rippen spüren.

„Hier sterben sie alle“, sagte er.

Ich drückte ihn an mich. Ich hörte seinen Puls, sein Herz. Es klopfte ganz normal.

„Weißt du noch, wie die Typen hier gedacht haben, ich bin Super-Ed, ich durchbreche den Mechanismus?“

Ich nickte. „Ja.“

Er drückte mich und holte tief Luft. Auch seine Lungen hörten sich ganz normal an. „Und all die Jungs, für die ich Super-Ed war, sind inzwischen tot."

Ich roch seine Haut. Er roch ganz sauber.

„Ein paar von den Neuen hab ich die Story erzählt", sagte er, „aber das ist nicht dasselbe. Das sind nicht dieselben wie die von damals –"

Plötzlich ließ er mich los und legte mir die Hände auf die Schultern. „Danke, daß du mich immer besuchen gekommen bist", sagte er. „Das hat mir sehr viel bedeutet."

„Ich hab dich gern, Ed. Ich komme dich gerne besuchen."

„*Danke*", sagte er noch einmal mit großem Nachdruck.

Dann ließ er abrupt die Arme sinken und drehte sich um. Ich konnte sein Gesicht nicht sehen, aber er bedeutete mir mit einer Handbewegung, daß ich jetzt gehen sollte, und da bin ich gegangen. Ich zog die Haustür hinter mir ins Schloß. Ich guckte durch die Milchglasscheibe. Ich sah seinen Umriß. Er hatte den Kopf gesenkt. Er hatte die Hände vorm Gesicht.

Als ich am nächsten Wochenende ins Hospiz kam und nach Ed fragte, sagte mir die Frau an der Rezeption, er sei nicht da. Ich fragte, wann er denn zurückerwartet werde, als ob er bloß mal zum Arzt gegangen sei oder zu einem Kursus „Tagespflege für Erwachsene", aber die Frau sagte: „Er ist *weg*. Fort. Er wohnt nicht mehr hier."

Ich war wie vor den Kopf geschlagen. Ich weiß nicht, ob ich irgendwas gesagt habe.

Dann hat sie mir erklärt, Ed habe nicht mehr im Hospiz bleiben wollen, und da habe man ihn eben gehen lassen, das

Hospiz sei schließlich freiwillig. Er habe etwas anderes gefunden, und dort habe man ihn hingebracht: ins Y.

Ich ging ins Y, doch auch dort war er nicht, und niemand konnte sich an ihn erinnern. Den Unterlagen zufolge hatte er sich angemeldet und war noch am selben Tag wieder verschwunden. Wo er hingegangen sei, wisse man nicht. Ich rief Margaret an, aber die war nicht zu erreichen – sie war in letzter Zeit überhaupt selten zu erreichen –, und darum sprach ich mit Donald, ihrem Assistenten. Er war sehr nett, aber bei der Aidshilfe hatte man Eds Fall nicht weiter verfolgt, seit er ins Hospiz gegangen war, denn damit war er für die kein Klient mehr. Ich rief Eds Sozialarbeiter an, aber auch der war nicht zu erreichen, und der Typ, mit dem ich sprach, erzählte mir, sie würden der Schweigepflicht unterliegen und er könne mir keinerlei Auskünfte erteilen, er dürfe mir nicht einmal sagen, ob jemand bei ihnen in der Kartei sei. Das einzige, was ich machen könne, sei, Ed eine Nachricht zu hinterlassen, und falls sie ihn in ihrer Kartei hätten und er sich bei ihnen melden sollte, würden sie ihm mitteilen, daß ich ihn suchte. Bevor ich auflegte, fragte ich, ob sie sich mit Eds Schwester in Verbindung gesetzt hätten, und der Typ sagte völlig verdutzt: „Ach, der hat eine Schwester?“ Doch er kriegte sich gleich wieder ein. „Es tut mir wirklich leid“, nuschelte er, „aber ich kann Ihnen echt nicht mehr sagen.“ Und ich nuschelte zurück, daß ich dafür Verständnis hätte, was ich auch tatsächlich hatte, aber ich wußte einfach nicht, wo ich noch suchen sollte. Ed konnte doch nirgendwohin.

Ich ging noch einmal ins Hospiz.

Auf der Veranda saß einer, den ich schon mal gesehen hatte. Er saß unter einem riesigen Sonnenschirm. Er winkte mir mit seiner Zigarette. Er hatte mich auch wiedererkannt. Ich setzte mich zu ihm.

„Ed ist weg", sagte er ganz aufgeregt.

„Ich weiß", sagte ich. „Ich war vorhin schon mal hier, da haben sie's mir gesagt."

„Der ist einfach abgehauen", sagte der Typ mit glänzenden Augen. „Ist einfach los, und weg war er."

Ein anderer kam aus dem Aufenthaltsraum. „Redet ihr von Ed?"

„Ja", sagte der erste und hob die zur Faust geballte Hand.

Der zweite Typ nahm Platz und grinste. „Echt geil, der Mann", sagte er. Er langte nach der Zigarettenschachtel auf dem Tisch.

„Ist er ins Y gegangen?" fragte ich.

„Ist doch scheißegal, wo der hin ist!" sagte der erste und gab dem anderen Feuer. „Ed ist *gegangen*, der ist *gegangen, auf seinen eigenen Beinen*."

„Und wie ist sein Zustand gewesen", fragte ich, „*wie* ist er gegangen?"

Der zweite Typ lachte. Nicht über mich, sondern über etwas, das viel wichtiger war als ich. „Aufrecht", sagte er lachend.

„Genau!" sagte der erste. Und dann rissen sie beide die rechte Hand hoch und machten dreimal hintereinander *gimme five* und sagten dabei jedesmal „Genau!" Nach dem dritten Mal faßten sie sich bei den Händen und riefen im Chor, indem sie bei jeder Silbe die Arme schüttelten: „Su-per-Ed!", als ob das irgendeine Insiderbegrüßung wäre. Die waren total happy.

Ich saß da und fühlte mich wie ein kleines Mädchen.

Der zweite Typ beugte sich vor und nahm mich in den Arm. „He, sei doch nicht traurig, Süße, uns fehlt er ja auch, aber dieser Ed –“ Er kicherte. Seine Augen glänzten. Er zog mich an sich. Ich spürte, wie sein ganzer Körper summte.

Der andere stieß ein wildes Freudengeheul aus und lachte und juchzte gleich noch mal.

Mein Typ zog mich noch dichter an sich und hielt mich ganz fest und flüsterte mir ins Ohr, was ihm Hoffnung machte: „Unser Ed, der ist lebend aus diesem Zwischenlager hier rausgekommen – *lebend*.“

[Die Gabe Tod]

Margaret fragte mich, ob ich am Samstagnachmittag ein paar Stunden bei einem neuen Klienten einspringen könnte. Der Typ sei gerade in ein Haus für Betreutes Wohnen gezogen, und zwar „widerwillig", wie sie sagte, und nun brauche er jemanden, der ihm seine Kisten auspackt, was Leichtes zu essen macht und so weiter. Das alles las mir Margaret am Telefon aus dem Anmeldeformular vor. Einen festen Betreuer habe der Junge nicht, dafür aber einen Freund namens Andrew, der ihm beim Einrichten helfe. Er selber hieß Francis.

Das Gebäude hatte zehn Stockwerke. Ich war schon ein paarmal dort gewesen, bei anderen Klienten. Da wohnten nämlich auch Senioren und Behinderte, nicht nur HIV-Kranke. Da der Bau direkt an einer Schnellstraße lag, drang der Verkehrslärm hinauf in die Wohnungen, und in den Zimmern, die nicht zur Straße hinausgingen, hatte man die anderen Häuser direkt vor der Nase.

Mittags um eins sollte ich da sein. Kurz vor der Haustür durchwühlte ich meinen Rucksack nach dem Zettel mit der Apartment-Nummer. Ich wollte gerade klingeln, da kam ein Typ an, der auf der Mauer gesessen und eine geraucht hatte.

„Sind Sie von der Aidshilfe?" fragte er. Ich bejahte. „Für

Francis Martin?“ Auch das bejahte ich. Er sagte, er sei Andrew, und die Klingel sei kaputt, und deswegen sei er runtergekommen, um mich reinzulassen. Er machte seine Zigarette aus, und wir traten ein. Im Haus roch es nach Essen und schmutziger Wäsche. Wir gingen zum Fahrstuhl, der ewig nicht kam. Mit uns warteten eine alte Frau im Rollstuhl und ein Typ so um die Fünfzig, der eine Badekappe mit der Aufschrift *Soap Opera Digest* aufhatte. Außerdem ein zappeliger junger Bursche mit der dicksten Brille, die ich je gesehen habe. Die Gläser waren total verschmiert. Der Junge trug ein Sea-World-Shirt mit einem springenden Delphinpärchen drauf. Wenn ich allein gewesen wäre, hätte ich die Treppe genommen, aber ich hatte ein bißchen Angst, daß ich Andrew damit verletzen könnte. Man weiß ja heutzutage überhaupt nicht mehr, wer krank ist und wer nicht.

Während wir warteten, erzählte mir Andrew, was mit seinem Kumpel los war. Das meiste wußte ich ja schon von Margaret. Francis hatte einen Freund gepflegt, der inzwischen gestorben war, und als er dann vor kurzem merkte, daß es mit ihm selber bergab ging, hatte er gesagt, er habe keine Lust, dagegen anzukämpfen, man solle ihn in Ruhe sterben lassen. Der verstorbene Freund, sagte Andrew, habe einen furchtbar qualvollen Tod gehabt, und Francis wolle nicht das gleiche durchmachen.

Ich fand es ein bißchen peinlich, daß mir Andrew diese ganze Geschichte vor den anderen Leuten hier erzählte, die mit uns auf den Lift warteten, aber sie schienen gar nicht zuzuhören. Für sie war das nichts Neues. Die Menschen, die hier wohnten, hatten alle ihre Probleme.

Endlich kam der Aufzug. Ein leises Quietschen, dann

ruckte es, und dann öffnete sich die Tür. Eine hübsch angezogene Frau, die das Haar zu einem Knoten zusammengesteckt hatte, stieg aus. Sie schob einen kleinen Einkaufswagen vor sich her. Als sie an mir vorbeiging, sah ich, wie abgetragen ihr Mantel war. Und wie schmutzig. Und unter ihrem süßen Duft roch sie nach Fäulnis. An der Stirnwand des Fahrstuhls war eine Bank, auf der ein großer, dicker Mann mit riesigen weißen Händen saß. Die Knöpfe an seinem Hemd sahen aus, als wollten sie jeden Moment abspringen. Der Lift erinnerte an einen Lastenaufzug, groß genug für Krankentragen und Rollstühle. Ich zögerte; ich wollte warten, bis der Mann von der Bank aufsteht, aber als die anderen alle einstiegen, tat ich es schließlich auch. Die Türen gingen zu, und irgendwer da drinnen stank. Ein leises Quietschen, dann ein Ruck. Und dann diese quäkende Stimme. „Hallo, Anna Weber."

Die Frau im Rollstuhl seufzte. „Hallo, Roy." Dann sagte die Stimme: „Hallo, James Green", und der Typ mit der Badekappe erwiderte: „Tag, Roy." Und dann sagte die Stimme: „Hallo, Mark Ullman", und der mit der Brille piepste: „Hi." Und dann sagte die Stimme: „Hallo, Andrew O'Donnell", und Andrew sagte: „Hallo, Roy." Und dann sagte die Stimme zu mir: „Und wer sind Sie?"

Ich drehte mich um. Es war der Dicke auf der Bank. Niemand von den anderen hatte sich zu ihm herumgedreht. Sie starrten alle wie gebannt auf das kleine Quadrat, in dem die Nummern der einzelnen Stockwerke aufleuchteten. Ich wollte etwas sagen, aber da waren wir auf Annas Etage angekommen, und der Aufzug hielt, und die Tür ging auf, und Anna rollte hinaus.

„Auf Wiedersehen, Anna Weber", sagte der dicke Mann.

„Wiedersehn, Roy“, erwiderte sie unwillig. Roy spähte zwischen uns hindurch nach draußen. Er guckte ganz angestrengt, wollte sehen, was auf dem Flur los war, aber da war nichts los.

Als die Tür wieder zu war, fragte er mich noch einmal: „Und wer sind Sie?“, und ich sagte ihm, wie ich heiße, und da machte er so ein Geräusch, als ob er spuckte, aber das war nur seine Art zu kichern. „Weiß ich doch“, sagte er, als wäre ich gerade auf einen irre komischen Streich reingefallen. Und dann sagte er sehr ernst: „Ich kenne Sie. Ich hab Sie schon mal gesehen.“

Gespenstische Vorstellung, daß der Typ mich offenbar vom Fahrstuhl aus beobachtet hatte, wenn ich früher hier im Haus gewesen war.

„Und zu wem wollen Sie heute?“ fragte er. Er wußte tatsächlich über alle Leute Bescheid.

„Zu einem Freund“, sagte ich. Wir unterlagen ja der Schweigepflicht und durften keinem sagen, zu wem wir gingen und aus welchem Grund. Die Betroffenen sollten selber entscheiden können, inwieweit ihre Nachbarn über sie im Bilde waren.

Der Aufzug war noch nicht wieder angefahren. Andrew drückte den „Schließen“-Knopf. Dann wartete er einen Moment, und dann drückte er die einzelnen Etagen.

Roy sah Andrew an und dann wieder mich. „Geht Andrew O'Donnell mit Ihnen zu Frank Martin?“

„Genau“, sagte Andrew. Er drückte weiter auf die Knöpfe.

„Francis Martin hat Aids“, sagte Roy.

„Genau“, sagte Andrew wieder. Der Fahrstuhl quietschte.

Und Roy sagte: „Aids haben auch Jean Brownworth, Edward Perry, Keisha Williams, Jordan Williams ...", und so leierte er die ganze Liste runter.

Ich guckte auf die blinkenden Fahrstuhllämpchen. James und Andrew taten das gleiche. Mark hielt den Kopf schräg nach rechts. Er guckte nirgendwohin. Als Roy mit der „Aids-haben-auch"-Liste fertig war, ließ er gleich noch eine „Aids-hatten-auch"-Liste folgen. Es war eine lange Liste. Andrew drückte wie ein Verrückter auf die Knöpfe, und da fuhr der Aufzug endlich los. Wir brauchten zwei Etagen, bis Roy mit seiner „Aids-hatten-auch"-Liste zu Ende war.

Der Lift hielt wieder an, doch die Tür blieb zu. Andrew seufzte. Er drückte auf den „Öffnen"-Knopf, und da ging sie auf. Aber es wollte keiner aussteigen. Er betätigte den „Schließen"-Knopf und zog die Tür zu. Wir steckten fest, er drückte auf die Knöpfe, wir fuhren wieder an.

Ich merkte, daß Roy mich ansah. Ich drehte mich zu ihm herum. Der Aufzug machte seine Geräusche, aber die waren sehr leise, und keiner sprach. Roy starrte mich an. Der Aufzug blieb zwischen zwei Stockwerken hängen.

„Sie haben aber ein verdammt gutes Gedächtnis, Roy", sagte ich.

„Ja, hab ich", erwiderte er ungerührt. „Ich weiß noch alle Namen von vierzehn Jahren im Western State Hospital."

„Aha", sagte ich.

„Ich war nämlich vierzehn Jahre im Western State Hospital, eh ich hierher gekommen bin." Er starrte mich an.

„Ach ja?" sagte ich.

Andrew verschränkte die Arme und machte die Augen zu und seufzte.

„Wann fährt denn die scheiß Kiste endlich weiter“, sagte James. Mark stöhnte.

„Und davor war ich im Pierce County Youth Service Home“, sagte Roy und starrte mich weiter an. „Von da weiß ich auch noch alle Namen.“

„Das sind ja viele Namen“, sagte ich.

„Ihren Namen kenn ich auch“, sagte er.

Ich merkte, wie ich eine Gänsehaut bekam. Andrew hielt einen Etagenknopf gedrückt. Der Fahrstuhl ächzte und setzte sich wieder in Bewegung.

„Das find ich aber schön, Roy“, sagte ich in bemüht lockerem Ton. „Ich freu mich richtig, daß ich Sie mal kennengelernt habe.“ Ich streckte ihm die Hand entgegen. Er starrte sie an. Er hatte kleine Schweinsäuglein. Sie waren grau und an den Rändern wäßrig wie Eiweiß. Und plötzlich riß er die Hand hoch und packte meine und schüttelte sie wie verrückt. Seine Hand war feucht und weich.

Der Lift blieb ruckend stehen, und Andrew drückte den „Öffnen“-Knopf und sagte: „Unsere Etage.“

Ich wollte meine Hand wegziehen, doch Roy ließ sie nicht los.

„War schön, Sie kennenzulernen, Roy“, sagte ich, „aber jetzt muß ich gehn.“

Andrew hielt den Fahrstuhl offen, der schon anfing zu brummen.

„Ich muß jetzt gehn, Roy.“

Er starrte mich weiter an. Plötzlich zwinkerte er und gab meine Hand frei. Er riß die Faust hoch, eine feste, weiße Faust, und ließ sie sich auf den Oberschenkel fallen.

Durch das Geräusch der sich schließenden Türen hindurch

hörte ich, wie er unsere Namen rief und mir und Andrew auf Wiedersehen sagte.

Wir gingen den Flur entlang.

„Roy ist unser Empfangskomitee", sagte Andrew.

„Verstehe."

„Oder eigentlich eher unser Archivar." Andrew versuchte zu lachen. „Die Nachrufe macht er auch."

Ich wußte nicht, ob ich lachen sollte. „Erstaunlich, wie er diese ganzen Namen im Gedächtnis behalten kann."

„Wenigstens einer, der sich erinnert", seufzte Andrew.

Und dann standen wir vor Francis' Tür.

Das Apartment war genauso geschnitten wie alle anderen in dem Gebäude: eine kleine Küche, ein winziges Bad und ein Zimmer mit jeweils einer Schiene an der Decke und auf dem Boden für die ausziehbare Trennwand, mit der man sich einen separaten Schlafbereich abteilen konnte. Es standen Kisten herum, teils auf der Erde, teils auf den Schränken in der Küche und im Bad, aber nicht viele, denn der Typ hatte wenig Zeug. Im Zimmer gab es einen Tisch und zwei Stühle, das war alles. Die Trennwand war nicht ausgezogen. Francis lag auf der Seite, einen Arm überm Gesicht.

Andrew bat mich, zuerst die Küchensachen einzuräumen und dann, falls ich noch Zeit hätte, die im Badezimmer. Für die Küche gebe es keine bestimmte Ordnung, ich solle einfach der Logik folgen, weil in der nächsten Zeit wahrscheinlich ständig andere Betreuer kommen würden.

Ein Stöhnen. Francis drehte sich im Schlaf um.

„Ich muß nach Hause", sagte Andrew. „Ich muß mich ein bißchen ausruhen. Ich hätte Sie ihm gerne vorgestellt, aber ich will ihn nicht wecken."

„Ist schon okay“, entgegnete ich. „Wenn er wach wird, sag ich ihm, wer ich bin.“

Andrew war einverstanden und meinte, er werde so gegen fünf wiederkommen. Er gab mir seine Telefonnummer, falls ich etwas brauchte. Andrew ging, und ich fing an, in der Küche die Kisten auszupacken. Ich räumte Teller, Gläser, Gabeln ein. Ich sah mir Francis' Sachen an und fragte mich, wie er wohl lebte, ob er oft selber kochte oder Leute zum Essen einlud oder ob er eher ein Fall für den Pizzaservice und für Fast-Food-Läden war. Ich legte Schrankpapier in die Fächer und ordnete sein Zeug ein. Er hatte schöne kitschige Geschirrtücher aus Savannah und Williamsburg mit nostalgischen Bildchen von Kolonialhäusern drauf und mit Rezepten für Mom's Apple Pie und Country Fried Chicken. Ich fand drei Kochbücher: eine alte Betty Crocker, ein vegetarisches und eins, das hieß *Vollwertküche zur Stärkung des Immunsystems*. Ich fand eine halbleere Dose mit Eiweißpulver und eine Menge Flaschen mit Vitaminpillen, Ölen und Tinkturen und massenhaft Medikamente. Die Teller und das übrige Geschirr waren größtenteils bunt zusammengewürfelt, als ob er die Sachen auf Wohltätigkeitsbasaren eingekauft oder von Leuten, die gestorben waren, geerbt hatte. Und wenn er selber tot wäre, würden irgendwelche anderen Leute seinen Kram bekommen und ihn behalten, bis sie auch starben. Dieses ganze Zeug würde sie alle miteinander überleben.

Wieder hörte ich ihn ächzen. Ich ging zum Bett. Er drehte sich herum und machte die Augen auf.

„Hi, Francis“, sagte ich. „Ich bin von der Aidshilfe.“

Er blinzelte ein paarmal. „Ich weiß“, sagte er gedehnt. „Ich kenne Sie.“

„Ich kann mich nicht erinnern, daß wir uns schon mal begegnet sind“, erwiderte ich. Manche haben Wahnvorstellungen und verwechseln einen mit anderen Leuten.

Doch er sprach weiter: „Ihren Namen hab ich vergessen, aber ich kenne Sie.“ Er versuchte die Hand zu heben, ich nahm sie und drückte sie. „Ich bin Marty“, sagte er.

Aber er sollte doch Francis heißen, Francis Martin. Und dann kapierte ich: Marty von Martin.

„Hallo, Marty.“ Ich drückte ihm die Hand. „Freut mich, Sie kennenzulernen.“ Ich sagte ihm, wie ich heiße.

„Wir sind uns schon mal begegnet“, beharrte er.

„Hm-hm“, sagte ich vage. Wozu soll man jemanden berichtigen, der Wahnvorstellungen hat?

Er sah mich eindringlich an. „Ich war der Freund von Carlos“, sagte er.

Und ich, ich schüttelte ihm immer noch die Hand und verstand kein Wort.

„Sie waren mal bei Carlos und haben ihm geholfen. Er hat mir erzählt, daß Sie sehr nett waren. Sie haben ihn gewaschen.“

Er hielt meine Hand fest, damit ich endlich aufhörte mit dem Schütteln. Und da erinnerte ich mich, und es lief mir eiskalt über den Rücken. Ich hatte echt Gänsehaut.

„Ach ja – richtig! Marty!“ rief ich und versuchte, so etwas wie freudige Begeisterung in meine Stimme zu legen, aber das war nicht leicht, denn nun erinnerte ich mich an diesen Marty, den Freund von Carlos, und konnte einfach nicht glauben, daß der Junge da im Bett wirklich Marty war. Jener Marty war um die dreißig gewesen, ein Typ in Polyesterhosen und kurzärmeligem Hemd und mit einer Figur wie eine Birne. Sein

Gesicht war glatt und weich wie ein Babypopo gewesen, ein richtiges Milchgesicht. Dieser Marty hier aber war dünn und zerknittert. Er war entsetzlich mager, und auf den ersten Blick sah er vielleicht gar nicht mal krank aus, sondern einfach drahtig, gut durchtrainiert. Aber sicher nicht wie dreißig, eher wie fünfzig. Ich wollte lächeln, nach dem Motto, wie schön, daß wir uns zufällig hier treffen, aber es war einfach grausig.

Meine fassungslose Miene war ihm durchaus nicht entgangen, doch er war höflich, er versuchte sich gesittet mit mir zu unterhalten. „Sie machen also immer noch diesen Job, ja?"

„Ja."

„Scheiße, Mädel", sagte er lachend. Seine Zähne waren braun. „Wenn ich Sie wär, ich hätt mir längst was andres gesucht."

Ich zuckte die Achseln. Mir fiel ein, wie er sich damals, bei unserer ersten Begegnung, entschuldigt hatte, weil er „verdammt" gesagt hatte.

„Aber ich bin froh, daß Sie's nicht getan haben. Wirklich schön, Sie wiederzusehen."

„Ganz meinerseits, Marty", sagte ich, und das meinte ich in dem Moment wirklich ehrlich. Ich empfand tatsächlich etwas, wenn ich an Marty und Carlos dachte.

Marty fing an zu husten, und ich half ihm, sich aufzurichten, und reichte ihm das Glas Wasser, das auf dem Fußboden stand. Er trank einen Schluck, und ich schüttelte ihm währenddessen die Kopfkissen auf.

„Danke", sagte er und reichte mir das Glas, damit ich es wieder auf den Boden stellte. Einen Nachttisch gab es nicht. Manche wollen möglichst viel von ihrem Zeug loswerden, bevor sie sterben, damit sich nachher niemand um die Sachen kümmern muß. Außerdem finden sie es schön, das eine oder andere Stück, das sie besitzen, ihren Freunden zu schenken. Oder sie müssen ihre Klamotten verkaufen, weil sie Geld brauchen. Oder sie müssen sich davon trennen, weil in den winzigen Zimmern, die sie dann kriegen, kein Platz dafür ist.

„Übel, die Bude, was?“ seufzte er. „Ich wollte nicht hierher, aber meine alte Wohnung war mir zu groß geworden, und ich hab keinen finden können, der mit einziehen wollte ... Andrew kümmert sich ja schon um Michael ...“

„Oje.“ Ich schüttelte den Kopf.

„Na ja“, sagte er, „es ist zwar nicht gerade das Ritz, aber wenigstens irgendwie so was wie ein Zuhause.“ Er redete in bemüht fröhlichem Ton. „Auf dem Weg hier rauf haben Sie ja sicher schon ein paar von meinen Nachbarn getroffen?“

„Ja“, sagte ich. „Dieser Fahrstuhl braucht ja eine Ewigkeit.“

Er kicherte. „Echt“, sagte er. „Wenn’s hier mal brennt oder so, das wird toll.“ Er verdrehte die Augen. „Ich hab Andrew gesagt, er soll doch mal gucken, ob er nicht den Schutzheiligen der Fahrstuhlmechaniker finden kann. Andy ist nämlich ein braver katholischer Junge, müssen Sie wissen.“ Er zwinkerte mir zu. Ich lachte. Ich war froh, daß wir über was anderes sprachen.

„Wetten, daß Sie Roy kennengelernt haben?“

„Hab ich. Der ist ja wirklich irre.“

„Armer Kerl“, sagte Marty. „Der wohnt schon ewig hier. Eh ich hier eingezogen bin, hab ich ihn jedesmal, wenn ich herkam, um Freunde zu besuchen, im Fahrstuhl gesehen.“

Ich fragte mich im stillen, wie viele von Martys Freunden wohl gestorben sein mochten.

„War irgendwie richtig unheimlich, ich steige ein, und der nennt mir die ganzen Namen und setzt mich gleich mit auf die Liste“, sagte Marty.

Ich mußte daran denken, wie seltsam mir zumute gewesen war, als Roy mir gesagt hatte, daß er meinen Namen kennt. Aber das war natürlich nichts im Vergleich zu dem, was Marty empfunden haben mußte.

„Manchmal war's auch irgendwie ganz irre“, sagte Marty. „Ich meine, der sieht jedenfalls durch. Aber wenn man sich vorstellt, daß das sein Leben ist, daß er nichts weiter kann, als sich diese Namen merken, dann kann man auch Mitleid kriegen. Dem sein Leben ist doch ein einziges Elend, vom ersten Tage an. Immer nur rumgeschubst werden, immer in solchen gottverlassenen Kaninchenbuchten wie dieser hier ‚leben' – er spie das Wort richtig aus – müssen ...“

„Armer Kerl“, sagte ich.

Marty saß einen Moment lang da und starrte mich an. Dann fuhr er fort. „Und so einer wie der kann hundert werden, wenn er Pech hat.“ Er schüttelte den Kopf. „Und das ist eine echte Tragödie. Ein Leben zu haben, wenn dein Leben nichts ist. Ich meine, der hat doch nie draußen gelebt, der war immer bloß in Hospizen, der hat nie ein richtiges Zuhause gehabt. Wetten, daß der noch nie verliebt war oder in einem netten Restaurant oder im Urlaub gewesen ist? Wetten, daß dem noch nie einer Blumen geschenkt hat. Ich meine, können Sie sich vorstellen, daß der jemals geliebt worden ist?“

Er griff sich an die Brust. Ich gab ihm das Wasser und hielt das Glas fest, während er mit dem Strohhalm trank. Er trank langsam. Danach mußte er sich erst einmal verpusten. Aber er war noch nicht fertig.

„Und die ganzen alten Frauen, die hier wohnen – wetten, daß die Hälfte von denen gar nicht mehr am Leben sein möchte? Die sind von ihren Familien abgeschoben worden, oder sie hatten nie eine Familie, und jetzt leben sie von zehn mickrigen Cent pro Tag und fressen Katzenfutter und sitzen Tag und Nacht vor der Glotze und sind einsam. Und wenn sie je verheiratet waren, dann haben sie ihren Mann schon fünfzig Jahre überlebt und warten nur noch aufs Sterben. Ich könnte wetten, wenn man die vor die Wahl stellen würde, ich meine, wenn man die wirklich vor die Wahl stellen würde, wenn man sagen würde: ‚Hör zu, heute nacht kannst du still und schmerzlos gehen, und dann hast du's hinter dir ...'"

Er hörte auf zu reden und nickte nach dem Wasserglas hinüber. Ich gab es ihm, und er trank. Als er fertig war, sagte er: „Sie wissen ja wahrscheinlich, daß Carlos tot ist?"

Ich war mir nicht sicher gewesen, hatte aber angenommen, daß er gestorben war. Man nimmt immer an, daß sie demnächst sterben.

„Carlos hat schlimme Schmerzen gehabt zum Schluß."

„Das tut mir leid", sagte ich.

„Furchtbare Schmerzen", fuhr Marty fort. „Es war ein Verbrechen, daß die Ärzte ihm nichts gegeben haben, damit das aufhört. Er hat es ja selber gewollt. Aber die waren gnadenlos." Marty sah durch mich hindurch, und dann sah er mich an. „Er sollte ins Hospiz, aber es war kein Zimmer frei. Und das war auch gut so, weil er nämlich nicht wollte, er wollte halt zu Hause sterben." Marty starrte zwinkernd zur Decke. Dann schloß er die Augen und sagte nichts mehr.

Nach einer Weile fragte ich behutsam: „Waren Sie bei ihm?"

Er machte die Augen wieder auf und sah mich intensiv an. Ich hielt seinem Blick stand.

„Ja“, sagte er.

Er seufzte, und als er weitersprach, klang seine Stimme sehr gefaßt. „Carlos und ich, wir haben uns schon als Kinder gekannt. Wir waren immer bloß gute Freunde, wissen Sie, wir hatten nie ein Verhältnis oder so was, aber wir sind zusammen durch dick und dünn gegangen. Der hätte alles für mich getan. Einfach alles. Und ich auch für ihn.“

Wieder sah er mich prüfend an. „Haben Sie schon einmal so einen Freund gehabt?“

„Ja“, sagte ich wie aus der Pistole geschossen.

Er nickte, ohne den Blick von mir abzuwenden. „Carlos war das Kämpfen leid. Er hatte solche grauenhaften Schmerzen.“

Marty preßte die Lippen aufeinander.

„Ich weiß schon, was Sie damit sagen wollen“, sagte ich.

Er holte tief Luft, und dann zog er auf einmal so ein Gesicht, wie jemand, der eine Frage stellt und nicht genau weiß, ob er die Antwort wirklich erfahren möchte.

„Glauben Sie, es kann eine Erleichterung sein, zu sterben?“ fragte er.

„Ja, Marty, das glaube ich.“

Er hielt die Luft an und atmete kurz darauf wieder aus. Sein Mund entspannte sich. Und dann sah er mich so sehnsüchtig an. Er wollte, daß ich Bescheid wußte.

„Ich habe ihm geholfen“, sagte er.

„Sie waren Carlos ein guter Freund“, erwiderte ich.

„Das war ich“, sagte er. „Ich war nicht so gnadenlos. Ich habe ihm den Tod geschenkt.“

[Die Gabe Sprache]

Am Anfang der Epidemie war die Zeit zwischen dem Ausbruch der Krankheit und dem Sterben kürzer. Am Anfang der Epidemie dachten auch noch alle, sie würde nicht lange dauern, weil irgendwer ein Mittel dagegen finden würde. Und darum wurden wir auch damals, als es mit der Aidshilfe losging, nur für ein halbes Jahr verpflichtet, denn normalerweise war das der Zeitraum, den die Leute überlebten, und so konnte man sie bis zum Schluß begleiten. Aber die Epidemie ging weiter. Es wurden Medikamente entwickelt, die den Virus etwas im Zaum halten oder einige der Symptome eindämmen konnten, so daß die Betroffenen länger am Leben blieben. Dann konnte man sie ein, zwei Jahre oder sogar noch länger betreuen, doch ein Heilmittel war immer noch nicht erfunden worden, und das Sterben ging weiter. Nur eben nicht mehr so schnell.

In der Regel waren die Betroffenen zwar schon krank, konnten sich aber noch ganz gut über Wasser halten. Doch irgendwann kriegten sie einen Infekt oder so was und mußten in die Klinik, und man dachte, sie würden sterben, aber sie erholten sich wieder. Dann kam der nächste Infekt, und wieder dachte man, jetzt sterben sie aber wirklich, doch auch diesmal schafften sie es, und irgendwann hat man dann gedacht, sie werden es auch die nächsten Male schaffen, so lange, bis ein Mittel dagegen erfunden worden ist. Man hat sich tatsächlich eingeredet, sie würden nicht sterben.

Und wenn sie tot waren, haben sie einem gefehlt. Aber irgendwie haben sie einem auch schon gefehlt, bevor sie tot waren, weil man ja gewußt hat, daß sie sterben werden. Man hat sich Mühe gegeben, behutsam zu sein, damit sie nicht merkten, daß man gelernt hatte, eine gewisse Distanz zu wahren, und man wollte auch auf Distanz bleiben, aber manchmal gelang einem das nicht, und wenn sie dann gehen mußten, war es immer sehr schwer.

Die Epidemie zog sich über viele Jahre hin, bis endlich Hospize eingerichtet wurden. Anfangs gab es nur ein einziges, dann noch eins. Und die Leute wurden erst aufgenommen, wenn sicher war, daß sie kein halbes Jahr mehr zu leben hatten. Das Konzept war, ihnen eine „behagliche" Umgebung zum Sterben zu bieten. Als die ersten Hospize eröffnet wurden, gab es eine lange Warteliste, und man hatte Glück, wenn man ein Zimmer bekam. Aber die Fluktuation war enorm, weil alle so schnell starben. Und doch wurde die Warteliste immer länger, weil immer mehr Menschen erkrankten.

Ein paar Wochen nachdem Ed sich davongemacht hatte, bekam Rick ein Zimmer im selben Heim.

Ich ging zu ihm wie jeden Dienstag- und Donnerstagmorgen. Ich klopfte an die Tür und rief: „Hallo, Kumpel!" und schloß auf. Rick konnte schon lange nicht mehr selber aufmachen. Ich trat also ins Zimmer und sagte: „Na, wie geht's meinem Lieblingsmann denn heute so?"

„Ich hab ein Zimmer", sagte er leise.

Ich wußte, er meinte im Hospiz. „Ach ja?" sagte ich. Er hatte schon seit einer ganzen Weile darauf gewartet, aber wenn man dann tatsächlich Bescheid kriegte, das war immer wie eine Urteilsverkündung.

„Da bin ich aber froh, daß sie ein Zimmer für dich haben", sagte ich.

„Ich bin auch froh, daß ein Zimmer frei ist." Er zog sich die Steppdecke rauf bis unters Kinn.

Ich wollte mir gerade die Jacke ausziehen, da sagte Rick auf einmal: „Du brauchst heute nicht hierzubleiben. Du mußt heute nicht für mich arbeiten."

„Arbeiten" hatte er das noch nie genannt, normalerweise sagte er „helfen". Und dann hörte ich, wie er telefonierte, und da sprach er von mir nicht als von seiner Haushaltshilfe oder Hausbetreuerin, sondern sagte meinen Namen, als ob ich einfach irgendeine Bekannte wäre.

„Es hat wirklich keinen Sinn, daß du hierbleibst", sagte er. „Meine Freunde vom Heidenkreis haben mir schon lange versprochen, daß sie mir beim Umzug helfen, wenn ich ins Hospiz gehe, die kommen heute nachmittag her, und dann können sie auch gleich hier saubermachen, du brauchst also heute nicht für mich zu arbeiten, du kannst gleich wieder gehn."

Ich zog meine Jacke aus und hängte sie wie immer über die Stuhllehne. Er hatte mir schon einmal erzählt, daß seine Heidenfreunde ihm beim Umzug helfen wollten, und das hörte sich ja auch alles ganz vernünftig an, ich konnte bloß nicht glauben, daß er mich wirklich los sein wollte.

„Rick", sagte ich, „ich bin nicht nur zum Putzen hier,

sondern weil ich gerne zu dir komme. Weil ich gerne mit dir zusammen bin."

Er starrte die Steppdecke an, als ob er sich das Muster einprägen wollte. „Jetzt ist es aber anders", sagte er. Und dann sagte er eine Weile gar nichts, und dann sagte er noch mal dasselbe wie vorhin, nur diesmal richtig fröhlich: „Ich bin echt froh, daß die ein Zimmer für mich haben. Ich bin total glücklich, daß ich da einziehen kann."

Ich schwieg, und er redete weiter: „Das Hospiz ist wirklich toll. Das Personal ist unheimlich nett. Warst du schon mal da?"

„Ja", sagte ich. Doch ich sprach grundsätzlich mit keinem Betroffenen über andere Betroffene. Das hatte man uns eingeschärft, aber ich hätte es sowieso nicht getan. Man versuchte immer, ganz und gar dort zu sein, wo man gerade war, man versuchte, die Betroffenen nicht als graue Masse zu betrachten.

„Ich hab ja ständig welche dort besucht", sagte Rick, „sogar noch nachdem Barry weg war."

Nicht nur, daß sie selber todgeweiht waren, diese Jungs, sie verloren auch noch alle ihre Freunde. Wie ein Haufen von Fünfundneunzigjährigen, die zugucken müssen, wie es mit ihrer Generation zu Ende geht.

Ich griff nach seinen Händen, aber er zog sie weg. Er zupfte an einem Fädchen herum, das an seinem Steppdeckenzipfel hing. Nach einer Weile hörte er auf und faltete die Hände über der Brust und sah aus dem Fenster. Ich betrachtete die Adern auf seinen Händen.

„Das Personal ist total nett", sagte er wieder. Er schwärmte davon, daß jeder „Bewohner", so wurden die Insassen genannt, sein eigenes Zimmer hatte und seine Sachen von zu Hause mitbringen durfte, wenn er wollte, und daß sie im Gemeinschaftsraum zusammen mit ihren Freunden von draußen fernsehen konnten, wenn sie konnten. Er erzählte, was er unter anderem mitnehmen wollte: ein paar Grafiken und Kassetten und seinen Rekorder und seine Duftlampen und die Kristalle und die Steine, seinen ganzen schwulen Krimskrams halt. Er begann wieder an dem Fädchen herumzuzupfen, und dann wiederholte er noch einmal, was er mitnehmen wollte, seine Kassetten und den Rekorder und so weiter. Dann hörte er auf zu reden und sah wieder aus dem Fenster. In seinem Unterkiefer zuckte ein Muskel.

„Find ich schön, daß du deine Sachen mitnehmen kannst, Rick“, sagte ich.

„Danke.“

Wir saßen lange beisammen, saßen einfach bloß da. Und dann, nach einer ganzen Weile, fragte er: „Werd ich dir fehlen?“

Ich konnte es nicht aussprechen. Ich wollte nicht die Fassung verlieren. Ich beugte mich vor, um ihn aufzurichten. Ich schob ihm meine Arme unter den Rücken und hob ihn an und hielt ihn fest. Sein Körper war sehr dünn und leicht, seine Haut trocken und kühl.

Ein paar Tage nach seinem Umzug rief ich im Hospiz an. Die Frau an der Rezeption stellte mich durch in sein Zimmer, wo eine Frau vom Heidenkreis ans Telefon ging. Ich fragte, wie es Rick ging. Er fühle sich „behaglich“, sagte sie. Er schlafe gerade, und wenn ich mit ihm sprechen wolle, solle ich doch später noch einmal anrufen.

Immer wenn ich anrief, schlief er gerade. Irgendwann rief ich nicht mehr an.

Nachdem Rick ins Hospiz gegangen war, schlug mir Margaret vor, doch erst einmal eine Pause zu machen, bevor ich einen neuen Klienten übernahm. Nach Ed hatte sie das auch gesagt, und damals war ich einverstanden gewesen, diesmal aber wollte ich nicht. Und ich wollte Rick auch nicht im Hospiz besuchen. Da fragte sie, ob ich nicht mal eine Weile als Springer arbeiten wollte. Das sind die, die einspringen, wenn irgendwo ein Betreuer ausfällt, aber nicht soviel Zeit mit den einzelnen Betroffenen verbringen. Und so wurde ich also Springer und behielt nur Connie als feste Klientin.

Ich kam in eine Menge verschiedene Wohnungen. Ich sah die Betroffenen immer nur einmal oder jedenfalls nicht oft. Sie hatten ganz verschiedene Charaktere, aber sie waren alle sehr krank.

Einmal bat mich Margaret, zu einem Klienten zu gehen, dessen alter Betreuer, ein gewisser Roger, gerade einen festen Job in Portland bekommen hatte. Ich kannte diesen Roger nicht, weil ich schon seit langem nicht mehr an den monatlichen Treffen teilnahm – es gab jeden Monat ein Treffen, wo man über Dinge reden konnte, die mit der Arbeit zusammenhingen, über seine Gefühle und so, aber ich hatte keine Lust mehr auf diese Abende, und Margaret drückte ein Auge zu. Wie dem auch sei, Margaret suchte einen ständigen Betreuer für den Mann, und solange sie keinen gefunden hatte, schickte sie halt Springer hin. Es mußte immer jemand bei ihm sein. Er schlief viel und litt an einer leichten Inkontinenz, und ansonsten war eben das Normale zu tun – saubermachen, leichte Mahlzeiten, einfach dasein, falls irgendwas war. Ich sollte bis siebzehn Uhr bleiben, dann komme die Ablösung.

Margaret gab mir die Adresse. „Es ist ein Apartmenthaus, Monroe Court. Das ist an der –"

„Ich weiß, wo das ist", fiel ich ihr ins Wort. Ich war dort schon mal bei einem anderen Klienten gewesen.

Sie schwieg einen Moment. „Geht's dir nicht gut?"

„Doch, doch."

„Ich hab niemand anders gefunden", sagte sie. „Sonst muß Donald ..."

Margaret schien in letzter Zeit eine ganze Menge auf Donald abzuwälzen. Ich verstand das nicht. Ich jedenfalls wollte nicht, daß jemand anders meine Arbeit macht.

„Ich bin topfit", sagte ich. „Um wen geht's?"

Sie sagte mir, der Typ heiße Mike, und dann zog ich los.

Monroe Court ist ein großes Apartmenthaus, und darum rechnete ich nicht damit, daß dieser Mike den anderen Klienten kannte, bei dem ich mal gearbeitet hatte. Außerdem stand das Haus auf dem *Hill*, und wenn ich dort, in diesem Viertel, sagte: „Kennen Sie einen, der früher hier gewohnt hat und Aids hatte?", konnte praktisch jeder gemeint sein.

Mike wohnte im siebenten Stock. Ich fuhr mit dem Aufzug hoch und ging dann den Flur entlang bis zu seinem Apartment. Das Zimmer lag nach vorne raus, mußte also eine phantastische Aussicht haben. Ich klopfte an, und der andere Betreuer kam an die Tür und sagte, daß Mike gerade schlafe und was er zu essen bekomme, und dann ging er. Ich trat ein. Die Vorhänge waren zugezogen, so daß ich nicht nach draußen schauen konnte. Die Heizung lief, und die Luft war zum Schneiden. Die Pflanzen gilbten vor sich hin. Es gab nur dieses eine Zimmer.

Als ich reinkam, schlug Mike die Augen auf. Ich trat an sein Bett. Es war eine Schlafcouch, und ich war mir ziemlich sicher, daß sie nie mehr zusammengeklappt wurde. Ich stellte mich vor. Er murmelte irgendwas und machte die Augen zu und schlief wieder ein. Es war zwar alles einigermaßen sauber, aber ich putzte trotzdem noch mal durch. Ich nahm mir die Kochnische vor, guckte aber alle paar Minuten in die Bettecke, ob er wach war oder irgendwas brauchte. Ich arbeitete leise, ohne das Radio oder den Staubsauger anzumachen. Man konnte nur hören, wie ich Wasser in den Eimer laufen ließ und mit dem Lappen über die Borde und Schrankfächer ging und den Boden wischte, die Handschuhe an- und auszog und mir die Hände wusch.

Mike wachte auf. Er brauchte keinen Katheterwechsel. Ich machte ihm einen Proteindrink zurecht und setzte mich zu ihm und half ihm beim Trinken. Er bedankte sich und sagte, der Drink schmecke prima. „Genauso gut wie bei Roger", sagte er, „bloß anders." Er fragte, ob ich wiederkommen könnte. „Weiß ich nicht", sagte ich, „kommt drauf an, wie ich eingesetzt werde", was gelogen war. Schließlich suchte Margaret einen ständigen Betreuer für ihn, und ich hätte ihn sofort übernehmen können, aber ich wollte keine festen Klienten mehr außer Connie.

Mike erzählte mir, wie sehr er sich einen ständigen Betreuer wünschte. Die Springer seien ja alle sehr nett, sagte er, aber es sei trotzdem ein Problem, jedesmal andere Leute um sich zu haben. Er hoffe, wieder jemanden wie Roger zu bekommen. Er freue sich natürlich, daß Roger den Job in Portland gekriegt habe, sagte er, aber andererseits habe es ihm leid getan, daß Roger weggegangen sei. Roger sei ein toller Typ.

Er sei zweieinhalb Jahre bei ihm gewesen, oder, genauer gesagt, zwei Jahre und fünf Monate. „Roger fehlt mir sehr", sagte Mike.

„Hm-hm", machte ich, wie man das eben so macht, wenn man nur mit halbem Ohr hinhört. Und auf einmal hörte ich mich sagen: „Sie fehlen ihm auch, Mike."

„Kennen Sie denn Roger?" fragte Mike verblüfft und glücklich.

„Ja", log ich. „Wir haben doch jeden Monat so ein Treffen ..." Ich faßte nach Mikes Händen. „Sie sind Roger sehr wichtig. Er hat sich wirklich gefreut, daß er Sie kennengelernt hat und mit Ihnen zusammensein durfte. Er hält große Stücke auf Sie."

Sein Gesicht hellte auf. „Wirklich?"

„Ja", sagte ich. „Es hat ihm leid getan, daß er nicht die rechten Worte gefunden hat, um Ihnen das selber zu sagen, bevor er nach Portland mußte, aber Sie sind wirklich ein ganz wichtiger Freund für ihn."

Mike lächelte. „Er für mich auch", sagte er. Ich glaube, er hätte gern noch weiter geredet, aber er war es nicht mehr gewohnt zu sprechen. Nach ein paar Minuten schlief er schon wieder.

Um fünf kam eine andere Betreuerin. Ich hatte sie schon mal gesehen, früher, als ich noch zu diesen Treffen ging, kannte sie aber nicht weiter. Ich führte sie ins Zimmer, weckte Mike und stellte sie ihm vor. Auch sie war neu für ihn.

Als ich nach Hause kam, rief ich im Hospiz an. Die Frau an der Rezeption stellte mich durch in Ricks Zimmer. Wieder nahm eine Frau ab. Ich fragte, wie es Rick ging und ob er

Besuch empfangen könne. Sie sagte, sie gebe sich alle Mühe, es ihm „behaglich“ zu machen. Langsam konnte ich dieses Wort nicht mehr hören. Denn im Grunde bedeutete es nichts anderes, als daß er ein hoffnungsloser Fall war. Es war ständig jemand von diesem Heidenkreis bei ihm, so daß er nie allein war, ansonsten aber bekam er keinen Besuch. Sie sagte, er schlafe gerade, sie wolle ihn aber, wenn er wach sei, fragen, ob ich vorbeikommen sollte. Er nehme keine Medikamente mehr, erzählte sie mir, nur noch Morphium.

Am nächsten Tag rief sie mich an und sagte, ich könne Rick besuchen. Er sei ziemlich oft weggetreten, sagte sie, und man könne nie wissen, wie es ihm gerade geht, es sei also egal, wann ich käme, ich solle einfach vorn an der Rezeption fragen, ob er in der entsprechenden Verfassung sei.

Ich ging noch am selben Abend hin, nachdem ich bei mehreren anderen Leuten eingesprungen war. Die Rezeption rief bei ihm im Zimmer an, und ich wartete, daß der Mensch, der gerade bei ihm war, entschied, ob ich reinkommen durfte. Ich durfte.

Ich war ziemlich lange nicht mehr in dem Hospiz gewesen, seit Ed weg war, aber es hatte sich kaum etwas verändert. Die Gemeinschaftsräume sahen noch genauso aus. Das einzige, was anders war, waren die anderen Namen an den Türen.

Ich klopfte leise bei Rick an. Eine Frau machte auf. Sie trug eine von diesen Halsketten, die Rick für seine Freunde gebastelt hatte. Mir hatte er vor Jahren auch so eine gemacht. Sie stellte sich vor und nahm mich bei der Hand und führte mich hinein. Einen Moment lang kam ich mir fast so vor, als ob ich nicht Rick, sondern sie besuchen wollte, doch dann sagte sie, sie würde ein bißchen rausgehen, und zeigte auf einen Stuhl neben dem Bett, damit ich mich setzen konnte. Und dann war sie auf einmal weg, und ich war mit Rick allein.

Ich setzte mich zu ihm ans Bett. Es war höher als das, was er zu Hause gehabt hatte. Das Kopfteil war hochgestellt, und so saß er da, zugedeckt mit seiner Mond-und-Sterne-Steppdecke. Ich schaute ihn an und guckte gleich wieder weg. Er sah furchtbar aus. Ich ließ meine Blicke durch den Raum schweifen, über seine Sachen. Die Vorhänge waren zugezogen, aber es brannten ein paar Kerzen, so daß das Zimmer weder hell noch richtig dunkel war. Seine Duftlampen waren an; es roch nach Frühling und nach Kirche. Aus dem Rekorder kam Glockenmusik. Auf der Frisierkommode lagen einige seiner Muscheln und Steine, und sein heiliger Franziskus war auch da und sein Rougepinsel. Ich erinnerte mich daran, wie ich seine Sachen früher immer abgestaubt und geradegerückt und ihn nach den einzelnen Stücken ausgefragt hatte und was er mir dann erzählt hatte. Auf seinem Nachttisch lagen ein paar Kristalle. Medikamente gab es keine, denn er wollte sich nicht mehr künstlich am Leben erhalten lassen; er wollte sterben.

Ich sah ihn an. Ich war froh, daß es so dunkel war. Seine Augen waren offen, das rechte etwas weiter als das linke. Beide waren rotgerändert und blickten starr aus ihren tiefen Höhlen. Sie waren reglos – zwei Augen, aber nicht seine. Die Wangen waren hohl, der Mund leicht geöffnet, und ich hörte die Luft rein- und rausgehen. Und wie dünn er war. Nur noch Haut und Knochen. Sein Gesicht war behaart. Ich hatte ihn noch nie mit Bart gesehen, aber man hatte aufgehört, ihn zu rasieren.

„Hi, Rick“, sagte ich.

Er antwortete nicht, er drehte nicht einmal den Kopf. Zuerst zwinkerte er auch nicht, dann aber doch. Ich war mir nicht sicher, ob er mich wahrgenommen hatte, oder ob er einfach so zwinkerte. Ich griff nach seiner Rechten. Sie war schlaff und heiß. Sie bewegte sich nicht. Ich langte übers Bett hinweg nach seiner Linken und hielt beide Hände fest. Ich legte sie aneinander wie zum Gebet und hielt sie so umfaßt.

Ich sah ihn an und versuchte mich daran zu erinnern, wie er früher gewesen war. Ich schloß die Augen. Ich suchte nach Worten, die ich ihm hätte sagen können.

Doch dann packte mich auf einmal das schlechte Gewissen, weil ich mich nicht mehr um ihn gekümmert hatte, und ich sprach einfach drauflos. Anfangs flüsterte ich noch. Es war mir peinlich, Selbstgespräche zu führen, und ich wollte ja auch nicht, daß mich jemand hörte. Doch andererseits wünschte ich mir, daß Rick mich hören konnte, falls er konnte, und darum sprach ich schließlich lauter, in ganz normaler Gesprächslautstärke.

Ich sagte, sein Zimmer sehe schön aus, so richtig nach ihm, mit all seinen Sachen. Und daß ich froh sei, daß das Heimpersonal und seine Freunde vom Heidenkreis sich so gut um ihn kümmerten. Und wie früher, wenn ich bei ihm in der Wohnung gewesen war, erzählte ich ihm, was ich in letzter Zeit alles gemacht hatte. Ich erzählte ihm von dem Kater, den ich seit kurzem hatte.

Rick liebte Katzen. Er wollte damals eine zu sich nehmen, die bei ihm ums Haus streunte, aber alle hatten ihm abgeraten und gesagt, durch eine Katze könnte er noch kränker werden, und er hatte gemeint, das wär ihm egal. Doch dann hatte er sich entschlossen, das Tier doch nicht zu behalten, und hatte überall rumtelefoniert, bis er endlich jemanden gefunden hatte, der es nahm. Er hatte sich dazu durchgerungen, weil er nicht wollte, daß sich die Katze an ihn gewöhnte und er ihr nachher fehlen würde und sie, wenn er tot wäre, kein Herrchen mehr hätte.

Ich hörte auf zu reden. Ich hielt weiter seine Hände fest. Ich drückte sie und machte die Augen auf und sah ihn an. Er hatte immer noch die Augen offen und guckte vor sich hin, und auch sein Mund war noch immer geöffnet. Er war völlig unverändert.

Ich erzählte Rick, wie froh ich sei, daß mein neuer Vermieter mir erlaubte, eine Katze zu halten, und was für schlechte Manieren mein Kater hatte, weil er so verwöhnt war, daß er von meinem Teller fraß, wenn ich mir eine Zimtschnecke aus dem Laden an der Ecke geholt hatte, und daß Zimtschnecken sein Leibgericht seien. Und dann konnte ich plötzlich den Mund nicht mehr bewegen.

Mein Mund war ganz trocken. Ich schluckte. „Rick“, sagte ich. Ich streichelte seine Hände. „Rick.“ Ich konnte nichts mehr sagen. Eine Weile war es still im Raum.

Dann sah ich, wie seine Lippen zuckten.

„Rick?“ sagte ich wieder.

Sein Mund ging auf und wieder zu und noch einmal auf, und ich hörte einen Laut.

„Was?“ fragte ich.

Nach ein paar Sekunden kam noch einmal der gleiche Laut: „Duwümmifehn.“

Ich verstand nicht. „Was?“ fragte ich wieder.

Und wieder zuckte sein Mund, doch diesmal brachte Rick keinen Ton heraus.

Ich beugte mich über ihn. Ich roch unseren Schweiß. Ich kam mit meinem Gesicht ganz nah an seines heran, so daß wir uns direkt in die Augen sahen. Und da erkannte ich in seinen Augen, daß er noch da war.

„Sag es noch einmal, Rick“, sagte ich. „Ich hör dir zu.“

Wieder zuckten seine Lippen, und ich horchte angestrengt. Er sagte es ganz langsam, als würde ich die Sprache gerade erst lernen: „Du-wümmi-fehn.“

Als er es das letzte Mal sagte, verstand ich. Und als ich verstanden hatte, sprach ich es nach und sagte zu ihm: „Du wirst mir auch fehlen.“

Die Gabe Sehen

Der Junge sah wirklich zum Fürchten aus. Wirklich, der sah aus, als ob er die Pest hätte. Margaret hatte gesagt, die einzige Besonderheit bei ihm sei die Salbe, ich müsse ihn mit seiner Salbe eincremen. Diese Salbe war ein dickes, durchsichtiges, gelbliches Gel. Sie war in einem großen Plastikbottich, der oben eine sehr breite Öffnung hatte. Riechen tat sie nach gar nichts. Als ich das erste Mal hinkam und den Bottich aufschraubte, sah ich die Spuren von fremden Fingern, die vor mir dort reingegriffen hatten. Ich weiß nicht, warum mir das solche Angst gemacht hat, aber es war so. Ich hatte Angst, ihn anzufassen. Ich hatte Angst, ihn anzusehen.

Die offenen Stellen waren dunkelviolett und hatten ungefähr die Größe von Vierteldollarmünzen. An den Rändern waren sie gelb, und das bei seiner dunkelbraunen Haut. Genäßt oder geeitert haben sie nicht, und sie waren auch nicht verschorft, weil ja immer diese Salbe drauf war. Die konnte ich auftragen, obwohl ich ansonsten keine Medikamente verabreichen durfte, denn diese Paste war eigentlich keine richtige Medizin, sondern sollte bloß lindern. Sie hatte keine heilende Wirkung.

Ich weiß nicht, ob der Ausschlag gejuckt hat oder ob

Hitze drin war oder was genau das Unangenehme daran war, aber ich hab ihn auch nicht gefragt. Bis dahin hatte ich mich noch nie gefürchtet, Fragen zu stellen, weder bei Ärzten und Krankenschwestern noch bei Margaret oder den Betroffenen selber. Die waren immer ganz begeistert, wenn sie einem alles genau erklären konnten. Sie freuten sich, daß ich fragte und sie ihr ganzes Wissen vor mir ausbreiten konnten. Die waren mittlerweile alle schon die reinsten Experten geworden.

Als ich ihn zum erstenmal mit der Salbe einschmierte, hatte ich keine Ahnung, welche Temperatur ihm angenehm war; wenn zum Beispiel Massageöl nicht dieselbe Temperatur hat wie die Haut, empfindet man es als kalt, so kalt, daß es einem gar nicht mehr angenehm ist. Ich wollte ihn fragen, aber ich hab's nicht getan. Ich war einfach nicht in der Lage, ein Wort über diesen Ausschlag zu sagen.

Beim Einschmieren mußte ich mehrmals die Handschuhe wechseln, weil das Zeug daran kleben blieb, genau wie an seinen Haaren, die sehr fest und kraus waren, und an allerlei kleineren und größeren Hautpartien. Ich glaube, es war ihm peinlich, das mit sich machen zu lassen, bloß ohne das wär's halt noch schlimmer gewesen.

Als ich zum erstenmal hinkam, wurde mir die Tür von seiner Nichte aufgemacht, die extra aus ihrem Studentenheim ausgezogen war und jetzt bei ihm wohnte. Sie führte mich rum, obwohl, viel rumzuführen gab's da nicht, das Apartment war winzig. Er würde bald sein Mittagessen haben wollen, sagte sie, doch das könne er mir selber mitteilen, dazu sei er noch imstande. Und dann ging die Nichte. Sie ging für ein paar Stunden weg, sie hatte etwas zu erledigen.

Ich fragte ihn also, was ich machen sollte, und da meinte er, ob ich ihn vielleicht eincremen könnte.

„Klar", sagte ich. Ich schlug die Bettdecke zurück. Er hatte überall diesen Ausschlag. Ich weiß nicht, warum mir der Anblick solche Angst gemacht hat, aber es war so. So eine Angst hatte ich bis dahin noch nie gehabt, eine Angst, die mir förmlich ins Gesicht geschrieben stand, und darum wollte ich auch nicht, daß er mich anguckte; ich wollte nicht, daß er sich dafür schämte, wie er aussah.

Vielleicht lag es ja daran, daß einem die Krankheit bei ihm sofort ins Auge sprang, daß sie so nach außen hin sichtbar war, und zwar rund um die Uhr, daß man nicht einfach mal eine Weile lang so tun konnte, als ob nichts wäre, und daß man sie, anders als etwa einen chronischen Durchfall oder die Kotzsucht, vor niemand verbergen konnte, auch nicht vor Leuten, die einen nur kurz sahen. Er sah aus wie ein Schwerkranker, er sah aus, als hätte er die Pest.

Ich fing mit den Händen und Armen an. Dann sagte er: „Könnten Sie den Rumpf bitte auch machen?"

Der Ton, in dem er das fragte, war so normal, so gleichmütig, als ob es sich um eine ganz alltägliche Aufgabe handelte. Und als genau das versuchte ich es zu betrachten, nicht anders als Eßzimmerausfegen oder Postholen, jedenfalls nicht als etwas, das die Krankheit aus ihm herauswachsen ließ.

Ich schmierte ihm also den Rumpf, die Beine und die Füße ein. Und dann drehte ich ihn auf den Bauch und machte hinten und an den Seiten weiter. Und am Hals. Im Gesicht hatte er keinen Ausschlag. Danach bezog ich das Bett frisch. Er atmete schwer. Die Wäsche war voller Salbenflecke. Daß das Bett zweimal täglich frisch bezogen werden mußte, hatte mir die

Nichte schon gesagt. Es dauerte ziemlich lange, bis er wieder normal atmete.

Nach einer Weile wollte er sein Mittag haben und sagte mir, wo alles stand. Das war nicht schwierig. Ein Mikrowellengericht aus dem Tiefkühlschrank und ein Glas Preiselbeersaft. Preiselbeersaft enthält eine Menge Pottasche. Die Mahlzeit selbst bestand aus Rinderbraten mit Kartoffeln und Erbsen und einem Stück Apfelkuchen. Ich stellte ihm das Tischchen aufs Bett und half ihm, sich aufzurichten. Er wollte alleine essen. Ich gab ihm die Gabel in die Hand. Mit den Kartoffeln kam er ganz gut zurecht, aber die Erbsen kullerten immer von der Gabel runter, und das Fleisch ließ sich auch nicht so gut aufspießen. Er bat mich, ob ich ihm nicht doch helfen und ihn füttern könnte. Mit einer Hand stützte ich ihm den Hinterkopf, und mit der anderen hielt ich ihm die Gabel an den Mund und das Glas mit dem Strohhalm, damit er trinken konnte. Beim Trinken bewegte sich seine Halsmuskulatur; sie sah kräftig aus. Immerhin etwas Erfreuliches. Ich holte ihm noch ein Glas Saft, und er bedankte sich.

Als er fertig war, schwitzte er von der Anstrengung. Ich rieb ihn mit einem Schwamm trocken und cremte ihn nochmals ein. Es dauerte nicht lange, dann schlief er. Er atmete einigermaßen gleichmäßig. Als seine Nichte heimkam, erzählte ich ihr, wie es gelaufen war, und sie bedankte sich und fragte, ob ich nicht öfter kommen könnte.

Das war am Sonntag. Da ich nur an den Wochenenden zu den beiden ging, sah ich ihn erst am folgenden Samstag wieder. Als Margaret mich gebeten hatte, die Wochenendbetreuung zu übernehmen, war ich einverstanden gewesen, hatte aber gleich gesagt, nur vorübergehend, weil ich zum Ende des nächsten Monats nach San Francisco gehen wollte, und Margaret hatte gemeint, länger würden die zwei mich auch nicht brauchen. Das bedeutete, daß der Junge bis dahin tot wäre.

Auch am nächsten Samstag öffnete seine Nichte die Tür und ging weg. „Na, soll ich die Salbe holen?" fragte ich in einem Ton, als ob mir das überhaupt nichts ausmachte. Dabei hatte ich die ganze Woche über diesen Ausschlag nachgedacht, hatte mich daran erinnert, wie er aussah, und mich gefragt, warum er mir solche Angst machte. Und schließlich hatte ich mich dazu durchgerungen, einfach so zu tun, als ob es mir nichts ausmachte.

„Ja, bitte", sagte er.

Ich fing an, ihn einzuschmieren. Und ich wollte dabei nicht an etwas anderes denken. Ich wollte ganz bei ihm sein, auch mit meinen Gedanken. Ich fragte ihn nach dem Gemälde über seinem Bett. Es war auf Leinwand und sehr schön. Er drehte leicht den Kopf und sah hoch zu dem Bild. Das habe er aus Afrika mitgebracht, sagte er. An der Wand gegenüber hingen noch zwei ähnliche, bloß kleiner.

Ich war neugierig, was er in Afrika gemacht hatte, und da erzählte er mir, er sei als Lehrer dort gewesen. Seine Familie, besonders seine Mutter – er nickte rüber zum Kaminsims –, sei ganz begeistert gewesen, daß er nach Afrika gehen wollte, für sie sei das fast so was wie eine Heimkehr gewesen, und sie habe sogar davon gesprochen, daß sie ihn dort besuchen würde.

Zum Teil war das nicht schlecht, wie eine ganz alltägliche Unterhaltung mit jemandem, den man auf einer Party kennenlernt, oder mit einem neuen Nachbarn. Aber andererseits kam es einem irgendwie so vor, als ob da vier verschiedene Leute wären. Die zwei, die sich normal unterhielten, dann die Person, die einen Körper mit Salbe eincremte, und schließlich die Person, der dieser Körper mit dem Ausschlag gehörte.

Er wäre gern länger dort geblieben, sagte er, aber es sei besser gewesen, in die Staaten zurückzugehen. Das war eine Anspielung darauf, daß er krank geworden war. Ich freute mich, daß er über seine Arbeit sprach und darüber, wie sehr er seinen Job geliebt hatte, und gleichzeitig dachte ich: „Aber dort bist du doch krank geworden. Und darum mußtest du da weg und wieder herkommen, um hier zu sterben.“ Ich fand es ekelhaft, daß ich so dachte. Aber gleichzeitig beruhigte ich mich damit, daß ich mir sagte, auch wenn ich nicht das Richtige fühlen und denken kann, zumindest bekommt er was zu essen, zumindest kriegt er sein Bett frisch bezogen, zumindest wird sein Körper mit der Salbe eingeschmiert.

Dann schlief er wieder ein, und ich ging zum Kamin rüber und sah mir das Foto auf dem Sims an. Es zeigte ihn mit seiner Mutter. Er war im Anzug und hatte ihr den Arm um die Schultern gelegt, und sein störrisches schwarzes Haar war glattgekämmt.

Als seine Nichte heimkam, wachte er auf. Er sah mich an und sagte: „Es war schön, mit Ihnen zu reden. Kommen Sie morgen wieder?“

„Nächsten Samstag“, erwiderte ich.

„Danke, daß Sie mich nach meiner Arbeit gefragt haben“, sagte er. „Nächstes Mal müssen Sie mir was von sich erzählen.“ Er war sehr höflich.

„Okay“, sagte ich. Ich hatte die Handschuhe noch an. Ich gab ihm die Hand. „Nächste Woche erzähl ich Ihnen was.“

Am folgenden Samstag war die Nichte schon ausgehfertig, als ich kam. Sie wollte zum Flughafen, ihre Großmutter abholen. Sein Zustand hatte sich abrupt verschlechtert.

Er bekam Sauerstoff. Die Flasche stand neben dem Bett. Er hatte die Schläuche in der Nase. Seine Haut war feuchtkalt. Der Ausschlag war unverändert.

Ich fragte die Nichte, was es für mich zu tun gäbe, und sie sagte, ich solle ihn mit der Salbe eincremen und ihm das Bett frisch beziehen, das sei alles. „Essen tut er ja kaum noch was", sagte sie und zuckte die Achseln und zeigte auf die Couch. „Da drüben liegen ein paar Zeitschriften, falls Sie was lesen möchten."

„Okay", sagte ich, „na dann, gute Fahrt."

„Danke." Sie versuchte zu lächeln. Wie alt sie aussah. Und dabei war sie doch gerade erst im zweiten Semester. Sie drehte sich zum Bett herum und sprach ihn an. „Ich fahr jetzt zum Flughafen und hole Großmutter ab", sagte sie. „In zirka zwei Stunden bin ich wieder hier."

Als sie weg war, wusch ich mir die Hände und zog Handschuhe an und ging zu ihm und setzte mich aufs Bett. „Hi", sagte ich. Seine Augen bewegten sich, aber er antwortete nicht. Ich fing an, ihn mit der Salbe einzucremen. Und dabei erzählte ich ihm, was ich die Woche über gemacht hatte, von einem Film, den ich gesehen hatte, und von meiner Wanderung mit Chris und einem neuen Schnurspiel, das ich meinem Kater beigebracht hatte. Ich war mir ziemlich sicher, daß er zuhörte und auch noch wußte, daß er mich letztes Wochenende gebeten hatte, ihm etwas über mich zu erzählen, und daß ich ihm das versprochen hatte.

Ich hörte, wie der Sauerstoff durch die Schläuche in ihn

hinein- und wieder herausgepumpt wurde, wenn er atmete. Es waren dünne hellgrünliche Plastikschläuche, und die Nasenklammer, mit der sie festgehalten wurden, war aus weißem Plastik. Wenn ich ihm die Schultern und den Hals einschmierte, sah ich mich gut vor mit den Schläuchen und auch beim Wechseln der Bettwäsche.

Nach der Salbe und dem Bettbeziehen atmete er schwer. Ich legte ihm meine Hand auf den Arm, bis sein Atem wieder gleichmäßiger ging. „Möchten Sie ein Glas Saft?“ fragte ich dann. „Ich hol welchen, und dann schauen wir mal, ob Sie möchten.“

Ich wusch mir die Hände, zog frische Handschuhe an, goß etwas Preiselbeersaft in eine Tasse und nahm einen kleinen Teelöffel aus dem Schrank. Ich stellte alles auf den Nachttisch und setzte mich aufs Bett.

„Hier ist Preiselbeersaft“, sagte ich. „Möchten Sie welchen?“

Er hatte die Augen offen, aber sein Blick war trüb. Er brauchte einen Moment, und dann brachte er so einen Laut heraus, von dem ich nicht wußte, ob er ja oder nein oder gar nichts bedeuten sollte.

„Vielleicht können Sie einmal zwinkern, wenn Sie Saft wollen?“ sagte ich.

Er sah mich an. Nach ein paar Sekunden machte er den Mund auf. Er hatte ganz trockene Lippen. Es dauerte ein bißchen, bis er verstanden hatte. Dann zwinkerte er und ließ die Augen zu. Ich wußte, das hieß ja.

„Okay“, sagte ich. „Gut. Ich tue jetzt ein wenig Saft auf den Löffel und halte ihn Ihnen an die Lippen, damit Sie trinken können.“

Ich tauchte den Löffel in die Tasse und tat ein winziges, hellrotes, durchsichtiges Tröpfchen Saft drauf. Während ich ihm den Löffel zum Mund führte, legte ich ihm die Hand auf den Unterarm und sagte: „Ich komme jetzt mit dem Saft zu Ihrem Mund. Jetzt ist er ganz nah an Ihren Lippen. Okay. So, da ist er."

Ich hörte den Löffel an seine untere Zahnreihe schlagen. Ich schob ihm den Löffel in den Mund, und er machte den Mund zu und schluckte.

„Prima", sagte ich, „sehr gut. Noch ein bißchen?"

Er zwinkerte.

„Okay", sagte ich und nahm wieder einen Löffelvoll Saft und führte ihn an seine Lippen. „So, hier ist noch mehr Saft." Er bewegte die Lippen, als wollte er saugen. Ich steckte ihm den Löffel in den Mund und drehte ihn herum, und er schluckte.

„Ganz toll machen Sie das", sagte ich. „Wirklich klasse."

Er zwinkerte.

Ich flößte ihm sechs Löffel Saft ein, doch beim sechsten kam so ein gurgelndes Geräusch aus seiner Kehle, und er brachte einen Teil wieder raus. Er riß den Mund auf zu einem großen, ängstlichen O und stieß ein hohes Winseln aus. Ich hatte Angst, er könnte ersticken.

Ich legte ihm die Hand auf die Brust, als würde der Saft auf diese Weise leichter gleiten. Es war noch nicht einmal ein halbes Glas gewesen.

„Ist gut", sagte ich. „Ist gleich wieder gut. Versuchen Sie ganz ruhig zu atmen."

Seine Lider gingen in rasendem Tempo auf und zu und wieder auf und wieder zu.

„Ist ja in Ordnung“, sagte ich, „es ist alles in Ordnung. Einen Moment noch.“

Ich ließ die Hand auf seiner Brust liegen, bis er sich beruhigt hatte. Nach einer Weile zwinkerte er okay.

Ich wischte ihm den Saft vom Gesicht und von der Brust ab. Ich befestigte die Klammer des Atemgeräts, die verrutscht war, wieder an seiner Nase.

„So, ist jetzt alles wieder gut?“

Er zwinkerte.

„Schön“, sagte ich. „Ich bin gleich zurück.“

Ich ging ins Badezimmer und wusch mich und zog mir frische Handschuhe an. Als ich wiederkam, hatte er die Augen zu. Er atmete gleichmäßig. Ich faßte nach seinem Arm. Der Puls ging ruhig.

Ich schaute in der Küche nach, ob es was zu putzen gab. Es war alles blitzsauber. Die Nichte hatte sich mächtig ins Zeug gelegt.

Ich sah auf die Uhr. Wahrscheinlich waren sie schon auf dem Rückweg. Sie würden ihn bald sehen.

Ich ging ins Badezimmer und fand einen Kamm. Ich setzte mich aufs Bett. Nach ein paar Sekunden machte er die Augen auf und sah mich an.

„Soll ich Ihnen mal die Haare kämmen?“ fragte ich.

Es dauerte einen Moment, bis er verstanden hatte, dann zwinkerte er.

Mit der einen Hand hielt ich seine Wange, und mit der anderen kämmte ich ihn. Ich kämmte ganz langsam.

Seine Haare waren störrisch und verschwitzt. Ich kämmte sie und strich sie dann mit der Hand glatt. Als ich mit der Hand an seinen Kopf kam, gab er einen Laut von sich.

„Keith?“ sagte ich.

Er bewegte die Augen. Sie waren wäßrig und verquollen. Er versuchte verzweifelt, seinen Blick einzustellen, ungefähr wie ein Baby, das zum erstenmal die Augen öffnet.

Seine Gesichtshaut sah ganz dünn aus. Und irgendwie schimmerte sie, als ob Licht darin wäre. Als ob da etwas strahlte.

Er wollte den Mund öffnen, konnte aber nicht.

Ich beugte mich über ihn und nahm ihn in den Arm. Ich hielt ihn sehr, sehr sachte fest.

„Keith“, sagte ich, „Ihre Mutter kommt. Nicht mehr lange, dann sehen Sie Ihre Mutter.“

Ich hielt ihn und sagte es ihm wieder und wieder. Ich hielt ihn, bis seine Mutter da war.

Dann legte ich ihn ihr in die Arme.

[Die Gabe Hoffnung]

Wenn ein Klient stirbt, während man bei ihm ist, muß man in die Geschäftsstelle gehen und allerlei Papierkram ausfüllen. Telefonisch oder per E-Mail darf man das nicht erledigen; sie wollen, daß man ins Büro kommt, damit sie sich ein Bild machen können, wie es einem geht. Das Ganze heißt „Austragung".

Keith war am Samstag gestorben, also hätte ich am Montag ins Büro gehen müssen, aber ich sagte einfach, ich könne nicht, wegen Connie. Es war zu spät, um noch einen Springer zu finden, und außerdem wollten Connie und Joe mich haben und nicht irgend jemand anders. Sie wollten sogar, daß ich noch öfter kam als bisher, denn mit Connie ging es bergab. Am Dienstag rief ich Margaret an, aber sie war nicht da, und darum sprach ich mit Donald und bat um die Erlaubnis, bei Connie mehr Stunden Dienst machen zu dürfen. Jeder Klient konnte nur eine bestimmte Anzahl von Stunden durch die Aidshilfe betreut werden, und mit der Zeit, die ich offiziell bei Connie verbrachte, war diese Stundenzahl bereits ausgeschöpft, aber es war trotzdem möglich, mehr Stunden zu bekommen, was dann allerdings über die sogenannte *Auszeit* lief. Die *Auszeit* war ein anderes Hauspflegeprogramm, bei dem nicht der Aidskranke selber der Klient war, sondern dessen Hauptbetreuungsperson, also normalerweise ein Familienmitglied, etwa der Ehepartner oder der Lebensgefährte, die Eltern oder die Kinder. Joe zum Beispiel nahm sich oft frei und verbrachte eine Menge Zeit bei Connie. Er war ihre Hauptbetreuungsperson. Die *Auszeit*-Helfer blieben bei den Aidskranken, damit die jeweiligen Hauptbetreuungspersonen mal eine Weile weg sein konnten, das heißt, sie kamen, wenn jemand, der einen Sterbenden pflegte, eine Auszeit nötig hatte. Da *Auszeit* kein Haushaltsdienst im eigentlichen Sinne war, konnte man von den Helfern dieses Programms nicht erwarten, daß sie grobe Putzarbeiten erledigten; hier ging es allenfalls um die Zubereitung kleinerer Mahlzeiten und um menschlichen Beistand. Daß die verschiedenen Programme jeweils unterschiedliche Aufgabenprofile hatten, hing mit der Verteilung der Zuschüsse zusammen. Neben *Auszeit* existierten unter dem Dach der Aidshilfe noch vier weitere Programme: *Kumpel für Kumpel, Heim ist Heim, Brotbank* und *Essen auf Rädern*. Als die Aidshilfe entstand, gab es ein paar Leute, die das alles von zu Hause aus organisiert haben, und zwar durchweg ehrenamtlich. Doch mit den Jahren wuchs der Verein, bekam eine offizielle Geschäftsstelle und schließlich eine noch größere und entwickelte diese ganzen verschiedenen Programme und bekam Zuschüsse und so weiter und so fort. Die Nutznießer waren nach wie vor ausschließlich Aidskranke, doch man erwog eine Ausweitung auf andere Krankheiten und Behinderungen, damit mehr Menschen geholfen werden konnte.

Aber ich hatte sowieso genug Zeit für Connie, weil ich

außer ihr niemanden mehr betreute. Nach Keith hatte ich aufgehört, als Springer zu arbeiten. Ich dachte zwar nicht bewußt übers Schlußmachen nach, verhielt mich aber so. Wenn ich wirklich gesagt hätte, ich mache Schluß, das hätte ich nicht mit meinem Gewissen vereinbaren können; das wäre mir so vorgekommen, als ob ich aufgeben würde. Obwohl, in gewisser Weise hatte ich das ja bereits.

Ich verhandelte also von Connies Telefon aus mit Donald wegen Connies und Joes Wunsch, mich öfter zu haben, und Donald versprach, sich etwas einfallen zu lassen, damit ich bei ihnen aushelfen könnte, „solange sie es brauchten", was hieß, bis Connie starb. Joe solle ihn anrufen und einen entsprechenden Antrag stellen, sagte Donald, dann würden er und Connies Sozialarbeiter sich etwas überlegen, damit ich im Rahmen des *Auszeit*-Programms bei ihnen arbeiten könnte. Und dann sagte Donald plötzlich: „Moment mal."

Ich hörte, wie er auf seinem Schreibtisch mit Papier raschelte. „Du bist noch gar nicht hiergewesen, um Keith Williams auszutragen, nicht wahr?" Er hatte offenbar Margarets Akten auf seinem Tisch.

„Noch nicht", sagte ich. Ich haßte diese Austragerei inzwischen wie die Pest. Als ich das letzte Mal mit Margaret telefoniert hatte, hatte ich ihr gesagt, wie sehr mich das deprimierte.

„Also, paß auf", sagte Donald. „Du kommst morgen ins Büro, und dann machen wir die Austragung, und bis dahin hab ich auch mit Joe und dem Sozialarbeiter geredet und hab die Genehmigung für deine zusätzlichen Stunden bei Connie und Joe."

„Okay", sagte ich, „bloß Mittwoch ist Connies Pfleger

immer nur den halben Tag bei ihr, da schaff ich's also erst nach sechs oder so ..."

Das war eine Stunde nach Donalds Feierabend beziehungsweise nach dem offiziellen Büroschluß. „Donnerstag?" fragte ich.

„Okay", sagte er. „Kannst du bis vier Uhr hier sein?"

„Ja", antwortete ich. Und dann: „Mach ich die Austragung mit dir oder mit Margaret?"

Er schwieg einen Moment. „Mit mir."

„Okay. Prima." Ich wollte nicht, daß er dachte, ich würde das lieber mit Margaret als mit ihm zusammen machen, aber genau so war es. Ich hatte bisher alle Austragungen immer nur mit Margaret gemacht.

„Du hast wohl noch nicht den Rundbrief gelesen, oder?" fragte Donald.

„Äh, nein." Ich las diese Rundbriefe schon seit einer ganzen Weile nicht mehr. Man holte sie sich im Büro ab, zum Beispiel wenn man kam, um seine Stunden abzurechnen oder so. Sie kamen monatlich raus und enthielten Berichte zu den Themen, die auf der vorigen Monatsversammlung diskutiert worden waren. Vorschläge, wie häufig auftretende Probleme mit Klienten zu lösen seien, Informationen darüber, welche Mitarbeiter neu angefangen hatten und welche ausgeschieden waren, und daneben gab es auch noch einen „unterhaltsamen" Teil. Irgendwann hatte ich das Gefühl gehabt, daß in diesen Rundbriefen immer dasselbe stand, und ich hatte sie einfach ignoriert. Genauso wie ich die monatlichen Versammlungen ignoriert hatte.

„Margaret geht weg", sagte Donald. „Die Versammlung am Donnerstag ist gleichzeitig so eine Art Abschiedsdingsda für sie. Wär ganz gut, wenn du kommen könntest."

„Klar", sagte ich. Ich war total verblüfft. Bei den Betreuern gab es eine enorme Fluktuation, und wenn man, wie ich, schon ein paar Jahre da war, galt man dort wirklich als Fossil, aber die Supervisoren blieben in der Regel lange, und Margaret war seit Urzeiten da. „Wo geht sie denn hin?" fragte ich und meinte, wo sie in Zukunft arbeiten wird oder wohin ihre Familie zieht.

„Sie bleibt in der Stadt", sagte Donald. Mehr nicht. Und dann hörte ich ihn am anderen Ende der Leitung tief durchatmen, und dann sagte er: „Sie ist krank."

„Was hat sie?" fragte ich. Er antwortete nicht. Er sprach es nicht aus, und da wußte ich Bescheid. „O Gott", sagte ich. „Mein Gott." Plötzlich war mein Gesicht ganz heiß. „Ach, Donald, das tut mir so leid, ich hatte ja keine Ahnung –"

„Uns tut's auch leid", sagte er. Er hörte sich furchtbar traurig an. Er war von Anfang an Margarets Assistent gewesen. Alles, was er konnte, hatte er von ihr gelernt.

Wir schwiegen ein paar Augenblicke. „Also dann bis Donnerstag um vier im Büro", sagte ich. Und damit war unser Telefongespräch beendet.

Ich legte auf. Und plötzlich sah ich dieses Bild vor mir – es war keine Erinnerung, es war nichts, was ich schon mal gesehen hatte, weil ich nämlich gar nicht dabeigewesen war; er war ja in dem Moment ganz alleine gewesen –, dieses Bild, wie Rick den Anruf vom Hospiz bekommt, daß sie ein Zimmer für ihn haben. Und dann dachte ich daran, wie Ed den Anruf gekriegt hatte. Und dann an beide, noch weiter zurück, noch bevor ich sie kennengelernt hatte, wie sie von ihren Ärzten erfahren hatten, daß sie positiv waren und wie es mit ihren T-Zellen aussah. Ich versuchte mir vorzustellen, wie es für Margaret gewesen sein mußte, als sie es erfahren hatte, aber es ging nicht. Ich konnte mir einfach nicht vorstellen, daß sie krank war.

Ich ging wieder ins Zimmer zu Connie und sagte ihr, daß alles in Ordnung sei: „Die Aidshilfe kümmert sich drum. Ich kann so oft herkommen, wie es euch beiden genehm ist."

Connie strahlte. „Ach, ist das aber schön!" Sie hörte sich richtig glücklich an. Sie breitete die Arme aus und sagte: „Kommen Sie mal her und lassen Sie sich drücken."

Ich nahm sie in den Arm und hielt sie länger als sonst fest. Ich konnte einfach nicht wieder loslassen. Als sie merkte, daß ich mich praktisch an ihr festhielt, strich sie mir immer wieder übers Haar. Ihre Hände waren dünn, aber kräftiger, als ich gedacht hatte. Und dann sagte sie: „Aber Liebes, was ist denn passiert? Was ist denn passiert? Wollen Sie's mir erzählen?" Und der Ton, in dem sie das sagte, klang so wunderbar tröstlich.

Ich hatte den Kopf an ihre Schulter gelegt. Ihr Nachthemd war naß von meinen Tränen. „Ich hab gerade erfahren, daß jemand, den ich kenne, krank ist", sagte ich.

Sie drückte mich an sich und sagte: „Ach, Liebes, das tut mir aber leid."

Ich spürte ihr Brustbein, ihre Rippen, ihre Halswirbel. Wie dünn sie durch die Krankheit geworden war. Und trotzdem kam sie mir stark vor und auch weich. „Ach, Liebes", sagte sie immer wieder, „das tut mir aber leid. Mein armes Kleines, wie leid mir das tut."

Sie sagte das so liebevoll und in so tröstendem Ton. Sie sagte das, als ob sie nicht selber krank wäre. Sie hatte in ihrem Leben immer noch Platz für die Sorgen anderer Menschen.

Am Donnerstag ging ich in die Geschäftsstelle der Aidshilfe. Das Büro, in dem Margaret, Donald und die anderen Supervisoren arbeiteten, befand sich am Ende des Flurs. Zwischen den einzelnen Schreibtischen gab es Trennwände, so daß praktisch jeder sein Kabäuschen für sich hatte, aber man konnte hinter die Trennwände sehen und hörte auch, was nebenan vor sich ging. Auf dem Weg zu Donalds Schreibtisch guckte ich kurz bei Margaret rein. Ihr Schreibtisch war halb leer. Nur noch ein paar Notizbücher und Schnellhefter lagen dort, und auf der staubigen Schreibtischplatte sah man die Stellen, wo ihre Pflanzen und die Glasschale mit den Muscheln gestanden hatten, die Fotos von ihrem Mann und den Kindern und die Schachtel mit dem mechanischen Spielzeug. Die Bücherborde waren auch bereits zur Hälfte ausgeräumt. Ihre großen Kladden und die dicken Aktenordner waren teils auf dem Fußboden aufgestapelt, teil schon in Kartons verpackt, und von Margaret keine Spur.

Ich ging nach hinten zu Donald und klopfte an seine Wand. Er schaute auf, und wir begrüßten uns, und dann räumte er den Berg Papier von dem Stuhl neben seinem Schreibtisch, damit ich mich setzen konnte. Auch bei ihm herrschte ein einziges Chaos. Ich nahm Platz. Nebenan klingelte das Telefon, und jemand hob den Hörer ab und redete. Ich war froh, daß noch eine andere Stimme da war.

„Also", sagte ich, „ich hab schon mal angefangen, die Austragungspapiere für Keith Williams auszufüllen." Ich hatte nicht mal guten Tag gesagt.

„Gut", sagte Donald und bückte sich, um auf dem Boden nach einer Akte zu suchen. Ein paar der Hefter, die da unten lagen, erkannte ich von Margarets Schreibtisch wieder.

Ich schob die Sachen auf Donalds Tisch ein bißchen zusammen, damit ich meine Formulare hinlegen konnte.

Als Donald wieder hochkam, sagte ich wie auswendig gelernt: „Der Klient hatte eine Vorausverfügung und eine Patientenerklärung. Er wollte keinen Notarzt und auch keine künstliche Wiederbelebung, so daß ich als einzige bei ihm war."

Donald nickte. Er hatte eine Mappe vor sich, in der Kopien von Keiths Vorausverfügung und seiner Patientenerklärung waren. Er machte sich keine Notizen.

Ich beantwortete selbständig die Fragen, die einem bei einer Austragung normalerweise gestellt werden. Ich leierte einfach alles runter.

„Und, na ja, ich meine, sein Tod an sich war eigentlich ganz gut." Ich wollte seinen Namen nicht mehr aussprechen. „Der Klient ist relativ sanft gestorben. Und fast im selben Moment kamen auch seine Mutter und seine Nichte."

Donald sah mich an. Ich guckte weg.

„Und ich hatte ja auch keinen besonders engen Kontakt zu – zu dem Klienten. Ich war ja bloß eine Zeitlang an den Wochenenden als Springer dort eingesetzt."

„Gut, daß es relativ sanft ging", sagte Donald leise.

„Ja." Ich schloß den Mund. Ich erinnerte mich, ich ließ das Gefühl noch einmal durch mich hindurchgehen, wie schwer Keiths Körper gewesen war, als er an meinem ruhte, wie schwer er war, als ich ihn seiner Mutter gegeben hatte. Ich erinnerte mich an den Blick seiner Mutter, an ihre schwarzen, dunklen, traurigen Augen, ihre Augen, in denen keine Tränen waren, und ich erinnerte mich an das Gefühl, als ich ihr ihren Jungen gab und ihre trockene Haut die meine streifte. Wenigstens ist er noch warm, hatte ich gedacht, wenigstens kann sie noch seine Körperwärme spüren. Ich erinnerte mich daran, wie leicht und kühl mir die Luft über die Haut strich, als ich seinen Körper nicht mehr festhielt.

Ich saß neben Donalds Schreibtisch und sah auf meine Hände.

Er langte nach meinen Austragungsformularen, und ich gab sie ihm. Es war die kürzeste Austragung, die ich je gemacht hatte.

„Ich fülle das später zu Ende aus", murmelte er und steckte die Papiere in eine Mappe.

„Und wie steht es mit der Genehmigung für die *Auszeit*-Stunden bei Connie und Joe Lindstrom?" fragte ich in einem Ton, als wären wir bei einer Versammlung und ich würde den nächsten Punkt auf der Tagesordnung aufrufen.

Ich glaube, er hat es mir angemerkt, an meinem Ton. „Das geht in Ordnung", seufzte er. Wieder fing er an, nach einer Mappe zu suchen, fand den Schein und reichte mir eine Kopie davon. Und nachdem ich am Ende meiner Tagesordnung angekommen war, spürte ich, wie ich auf einmal nervös wurde.

„Du warst an Margarets Schreibtisch, bevor du zu mir gekommen bist", sagte Donald.

Ich war mir nicht sicher, ob das eine Feststellung oder eine Frage sein sollte oder ob er mich gehört hatte oder es einfach von selber wußte.

„Ja", sagte ich.

„Sie wird mir fehlen", sagte er.

„Ja", sagte ich, „mir auch."

Er legte mir die Hand auf die Schulter und sagte: „Danke, daß du gekommen bist. Wir sehn uns heute abend?"

Ich sagte ja, und wir verabschiedeten uns, und ich machte mich auf den Weg.

Es war gegen fünf. Ich ging nach Hause, um meinen Kater zu füttern und mich ein bißchen mit ihm zu beschäftigen. Nach der Versammlung gab es Pizza, also aß ich vorher nichts mehr. Schließlich raffte ich mich auf und machte einen kleinen Spaziergang am See. Ich lief ein Weilchen einfach so umher.

Wenn man erfährt, daß jemand, den man kennt, krank ist, das ist etwas ganz anderes als bei denen, die man kennt, *weil* sie krank sind. Wenn man erfährt, daß es jemanden erwischt hat, bei dem es überraschend kommt, bei dem man nie und nimmer damit gerechnet hätte, daß er es kriegt, das ist etwas ganz anderes als bei jemandem, bei dem man schon immer gedacht hat, der kriegt es. Das dürfte nicht so sein, aber es ist nun einmal so. Jeder, der es kriegt, hat es vorher nicht gehabt. Jeder, der es kriegt, ist ein Verlust.

Weil ich schon so lange nicht mehr zu den Treffen gegangen war, verirrte ich mich und kam zu spät. Ich schlüpfte durch die offene Haustür, warf meine Jacke ins Gästezimmer, zog die Schuhe aus – der Typ, in dessen Haus diese Zusammenkünfte immer stattfanden, hatte einen schönen Teppich, den man nicht mit Schuhen betreten durfte – und ging durch die Halle ins Wohnzimmer. Es war rappelvoll. Alle saßen schon, viele auf dem Fußboden. Ich hockte mich draußen auf dem Gang hinter ein paar Leute und konnte so einigermaßen sehen, was im Wohnzimmer los war. Donald sagte gerade: „Danke, Margaret“, und hier und da schniefte jemand leise. Anscheinend hatte Margaret eben gesprochen, aber das hatte ich verpaßt.

Donald räusperte sich. „Ihr wißt alle sehr gut, wieviel Margaret in all den Jahren für die Organisation getan hat. Und eine ihrer wichtigsten Leistungen ist das Letzte, was sie in letzter Zeit geleistet hat."

Donald war ein unglaublich engagierter Betreuer und ein hervorragender Supervisionsassistent gewesen, aber so ein Treffen leiten, das tat er heute zum erstenmal.

„Ich weiß, daß sie über eine Errungenschaft ganz besonders glücklich ist, nämlich darüber, daß es demnächst zu einer Ausweitung unserer gegenwärtigen Programme kommen wird, wodurch wir dann nicht mehr nur Menschen helfen können, die an Aids erkrankt sind, sondern auch solchen, die andere Krankheiten und Behinderungen haben. Die Epidemie hat mit jedem von uns etwas gemacht, und manche haben durch sie begreifen gelernt, wie viele Menschen auf die Form von Hilfe angewiesen sind, die wir ihnen geben können. Und darum freue ich mich sehr, daß wir unsere Leistungen wie Haushaltshilfe, fahrbaren Mittagstisch und auch das *Auszeit*-Programm künftig einer größeren Gruppe anbieten können. Und zu verdanken haben wir das alles in erster Linie Margaret, die seit langem auf diese Ausweitung gedrängt hat. Und darum noch einmal danke, Margaret. Und herzlichen Glückwunsch." Donald fing an zu klatschen, und die anderen klatschten mit, und nach und nach standen alle auf und applaudierten im Stehen.

Auch ich stand auf und konnte gleich viel besser sehen. Margaret saß auf der Couch und schaute in die Runde und bedankte sich, indem sie lächelnd nach allen Seiten nickte. Ein Typ, der vor ihr auf dem Boden gesessen hatte, sprang auf und stellte sich neben die Couch, damit er sie nicht verdeckte, und auch er klatschte. Ich erkannte ihn von dem Foto auf ihrem Schreibtisch. Es war David, ihr Mann. Tosender Beifall. Ich sah mich um. Wir klatschten für Margaret und das neue Programm und für noch ein paar Leute. Denn Margaret war nicht die einzige hier, die krank war.

„Okay!" rief Margaret nach ein paar Minuten. „Okay!" Und dann im Scherz, als wäre das hier ein Tumult bei einer Gerichtsverhandlung: „Ruhe bitte! Sonst lasse ich den Saal räumen!" Und da hörten die Leute auf zu klatschen und setzten sich wieder hin. Es gab eine Menge Geschniefe. Als Ruhe eingetreten war, stieß Margaret Donald mit dem Ellbogen in die Seite, und Donald machte: „Oh – äh – also." Und dann räusperte er sich und fragte: „So, hat jemand Probleme mit Klienten, die er gern vorbringen möchte?" Er eröffnete die Diskussion, genau wie Margaret es sonst immer getan hatte. Normalerweise fingen die Leute sofort an zu plappern, diesmal aber meldete sich kein Mensch. Da setzte Margaret sich gerade hin und sagte: „Todd, vielleicht kannst du anfangen und uns erzählen, was bei dir und deinem Klienten läuft, du weißt schon, worüber wir vorige Woche gesprochen haben."

Todd saß offenbar auf dem Boden, denn ich hörte ihn zwar, konnte ihn aber nicht sehen. Er erzählte von einem Klienten, dessen Mitbewohner wollten, daß er den gesamten Haushalt schmiß, also ihnen die Wäsche wusch, den Rasen mähte und so weiter, was natürlich nicht seine Aufgabe war. Todd war ein netter Kerl. Früher kam er morgens zu Ed und ich nachmittags. Er erläuterte also die Situation, in der er war, und sogleich sagten ein paar andere, so etwas sei ihnen auch schon mal passiert, und erzählten, wie sie sich in einer ähnlichen Lage verhalten hatten, und gaben Todd allerlei Tips. Und dann war dieses Thema abgehakt, und wieder herrschte Schweigen. „Noch jemand?“ fragte Donald, und schließlich sagte tatsächlich einer, der Stimme nach noch ein ganz junger Bursche, er habe immer Angst, seinem Klienten weh zu tun, ihn zum Beispiel fallenzulassen oder so, und das mache ihn nervös, und dann wurde darüber geredet. Danach sagte eine Frau – ich erkannte Li-Lis Stimme –, sie versuche die ganze Zeit herauszukriegen, ob der eine Klient von ihr an fortschreitendem Schwachsinn leide oder einfach ein alter Krümelkakker sei. Li-Li war toll. Ich hatte sie auf so einem Treffen wie diesem hier kennengelernt, damals, als sie noch ganz neu bei der Aidshife war. Außerdem war sie ein paarmal als Springer bei Carlos gewesen.

Ich sah mich im Raum um und überlegte, warum viele von denen, die hier waren, hier waren. Aus dem, was sie selber erzählt hatten, wußte ich, daß Todd schwul war, Li-Li wollte Medizin studieren, Beth hatte eine Enkeltochter, die Aids hatte, bei Donald war es der Bruder, und bei Denise war der Mann daran gestorben. Jeder hatte jemanden.

Ich sah zur Couch, wo Donald und Margaret saßen. Sie guckten die Leute an, die gerade sprachen, nickten aufmunternd, versuchten die Leute zum Reden zu ermutigen. Auf der Couch saß noch jemand. Zuerst erkannte ich ihn gar nicht, doch dann sah ich, daß es Buzz war, er hatte nur eine neue Frisur. Buzz gehörte zu den Mitbegründern der Organisation und war nachher Supervisor gewesen, hatte aber vor zirka einem Jahr aufgehört. Daß er trotzdem gekommen war, hing sicher damit zusammen, daß Margaret verabschiedet werden sollte.

Buzz war ein Freund von Henry Brookman, der in den achtziger Jahren die Aidshilfe ins Leben gerufen hatte. 1985 war er gestorben, genau wie der Freund von Buzz, der auch mit unter den ersten Opfern gewesen war.

Eben hörte jemand auf zu reden, und Donald fragte, ob noch irgendwer was sagen wolle. Da das nicht der Fall war, entstand eine Verlegenheitspause, doch dann rief Denise: „Also, ich glaube, ich hätte da noch etwas", und fing an, todernst in ihrem näselnden Esoterik-Ton über ein sehr „diffiziles Problem" bei einem ihrer Klienten zu reden, der immer nur böses Essen haben wolle, also nichts als Junk Food. Ohne eine Miene zu verziehen, sprach Denise von Käsestangen und Twinkies mit rosa Creme drin und Cherry Cola light und Zuckerguß aus der Dose und Schokokeksen mit doppelter Pfefferminzcremefüllung. Sie ging absolut ins Detail, und die Leute fingen an zu lachen, und ein paar riefen „Igitt!" oder „Hmmmmmmmmm!" Und dann schrie alles durcheinander, und jeder wollte jeden übertreffen, indem er noch scheußlichere Sachen aufzählte – Schweineschwarten, Pudding im Plastikbecher, Frischkäse mit Chiligeschmack. Die kriegten sich überhaupt nicht mehr ein. Sogar Donald machte mit. Doch dann wurde er wieder ernst und brachte die Sache haargenau auf den Punkt, nämlich, inwieweit wir unseren Klienten vorschreiben durften, was sie essen, und inwieweit das ihre persönliche Entscheidung war. („Persönliche Entscheidung" – ein Begriff, den wir bei den Orientierungsgesprächen immer wieder zu hören bekamen.) Wir wurden ständig daran erinnert, daß wir zwar Vorschläge machen könnten, aber grundsätzlich nicht die Aufgabe hätten, die Betroffenen herumzukommandieren, sondern ihnen helfen sollten, und deshalb liege die Entscheidung allein bei ihnen selber.

Da holten alle noch mal tüchtig Schwung, und als wir mit der Essen-Diskussion fertig waren – Denise war wirklich umwerfend, sie hatte es tatsächlich geschafft, die ganze Zeit über todernst zu bleiben – und niemand mehr was auf dem Herzen hatte, das er gern diskutiert haben wollte, sagte Margaret: „So, wie wär's denn jetzt mit Pizza?", und da lachten alle, weil die Frage zu dem vorigen Thema paßte wie die Faust aufs Auge. Donald sprang auf und rief: „Tolle Idee" und kämpfte sich zur Küche durch, um die Pizza aus dem Herd zu holen. David, Margarets Mann, ging mit. Margaret blieb noch einen Moment auf der Couch sitzen, dann stemmte sie sich mit den Händen auf die Sitzfläche und stieß sich ab. Sie sah braun aus. Von einigen Medikamenten kriegen die Leute so eine Bräune.

Margaret ging ins Eßzimmer, wo schon die Pizza verteilt wurde. Auf dem Boden stand eine Eisbox und daneben ein Klappstuhl, auf dem sie Platz nahm und sich David schnappte, der gerade wieder in die Küche wollte, und dann gaben sie zusammen die Getränke aus. Die Leute gingen zum Tisch und holten sich ein Stück Pizza, und wer was zu trinken haben wollte, kam zu Margaret, die eine Flasche Ingwerbier am Hals packte, sie ruckweise aus dem Eis herauszog und an David weiterreichte, der damit auf den Abfalleimer zielte, den Verschluß so abhebelte, daß er direkt im Müll landete, und einem die offene Flasche in die Hand drückte. Es sah aus, als ob die zwei diese Nummer schon sehr oft zusammen gemacht hatten. Alle gingen rüber, holten sich was zu trinken und sagten irgendwas zu ihnen.

Als ich kam, sagte Margaret: „Na, du Fossil", und ich sagte: „Hallo, Margaret."

Sie machte David und mich miteinander bekannt. „Wir waren schon zusammen bei Uncle Chan“, sagte sie, als sie ihm meinen Namen nannte.

Uncle Chan war dieses verwanzte Chinarestaurant, über dem die Aidshilfe ihr erstes Büro außerhalb von Henry Brookmans Haus hatte. Uncle Chan war wahnsinnig billig und wahnsinnig, ja, wirklich unglaublich runtergekommen. Risse im Teppich, uralte, undefinierbare Essensgerüche, total verkitschte, aber ganz seriöse Beleuchtung und so weiter. Kurz nachdem ich bei der Aidshilfe angefangen hatte, war die Geschäftsstelle dann bei Uncle Chan ausgezogen und hatte das große Büro bekommen.

„Uncle Chan, ach ja, das war vielleicht ein Laden“, sagte David.

„Er hatte jedenfalls Charakter“, erwiderten Margaret und ich wie aus einem Munde. Wir mußten alle lachen.

„Dann sind Sie wohl schon eine ganze Weile mit dabei?“ fragte David. Er machte einen netten Eindruck.

„Ja“, sagte ich.

„Du? Du gehörst doch schon zum Inventar“, rief Margaret lachend.

Doch das stimmte nicht. Es gab Leute, die schon viel länger dabei waren als ich. Sie zum Beispiel.

Dann wurde David von jemandem in ein Gespräch verwikkelt. Margaret lehnte sich zurück. „Aber du hast doch nicht vor, ewig weiterzumachen, nicht wahr?“ fragte sie.

„Also, wenn ich ehrlich bin“, sagte ich, „ich überlege, ob ich nicht aufhören soll.“ Das war das erste Mal, daß ich es aussprach, daß ich den Gedanken bewußt dachte.

„Find ich prima“, sagte Margaret, noch ehe ich dazu kam,

mich irgendwie rauszureden. Sie kannte mich wirklich gut. „Find ich echt prima, wenn du mal was anderes machst. Und du kannst ja immer wieder zurückkommen und Zeitkraft werden.“

Zeitkräfte, das waren Leute, die eine Zeitlang bei der Aidshilfe arbeiteten, dann etwas anderes machten, dann wieder eine Zeitlang zurückkamen, wieder etwas anderes machten und immer so weiter. Margaret hatte den Leuten stets geraten, doch eine Weile aufzuhören, wenn sie das Gefühl hatten, daß sie nicht mehr konnten. Jeder ging anders um mit diesen Dingen. Ich konnte Zeitkraft werden; ich hatte alle Zeit der Welt.

„He, du“, sagte Margaret, „Buzz ist hier.“ Sie nickte zu ihm rüber. „Er kommt gerade aus New York. Er fühlt sich dort unheimlich wohl.“

„Ja“, sagte ich, „ich hab ihn schon gesehn. Ich geh gleich mal rüber und sag guten Tag.“ Buzz unterhielt sich am anderen Ende des Raumes mit Marcy und Chad. Marcy war die Tochter von Henry Brookman. Sie saß im Vorstand. Chad war ihre Sekretärin. Sie nickten zu uns rüber, und wir machten winke, winke.

„Und ein paar Zeitkräfte sind auch gekommen“, fuhr Margaret fort. „Randy, Denise, Kwame ...“

Ich hörte Denises schrilles Organ in der Halle. Denise war eine echte Stimmungskanone. Wenn sie loslegte, dauerte es keine drei Sekunden, und alles kugelte sich vor Lachen. Sie war eine der ersten, die ich bei der Aidshilfe kennengelernt hatte. Eigentlich hatte ich sie sogar schon davor gekannt.

Ich stand da und hatte eine Flasche Sprudel in der Hand,

die David für mich geöffnet hatte. Hinter mir bildete sich eine Schlange.

Norm, der Mann von Denise, war 85 gestorben. Er war ein alter Freund von meinem alten Freund Jim gewesen. Als Jim starb, war ich völlig am Boden gewesen.

Plötzlich hatte ich das Gefühl, als wäre überhaupt keine Zeit vergangen. Ich wollte es nicht unausgesprochen lassen. „Margaret", sagte ich, „es tut mir so leid, daß du krank bist."

Um uns herum war es schrecklich laut. David unterhielt sich mit dem Typ neben ihm. Sie sprachen über Kalifornien, wo der andere aufgewachsen war, und ich hatte keine Ahnung, ob Margaret mich überhaupt gehört hatte, doch ihr Gesicht wurde auf einmal ganz weich.

„Danke", sagte sie leise.

„Du bist so ein wunderbarer Mensch, Margaret, wirklich, du bist so wunderbar. Wenn ich irgendwas tun kann –"

Sie sah mich einen Moment an. Sie guckte so dankbar. „Danke", sagte sie noch einmal, als ob sie froh wäre, darüber reden zu können.

Doch dann hörten wir, wie David seinem Gesprächspartner erzählte, er und Margaret hätten vor, übernächsten Sommer, wenn ihr Ältester die Grundschule hinter sich hätte, mit den Kindern nach Disneyland zu fahren. Als ich ihn „übernächsten Sommer" sagen hörte, guckte ich völlig fassungslos zu ihm rüber, nur ganz kurz, aber Margaret hatte es gemerkt. Sie hatte gemerkt, daß ich mich fragte, wie lange sie wohl noch zu leben hatte.

Ich wollte sie um Entschuldigung bitten, doch ich brachte kein Wort heraus.

Sie sah mir fest in die Augen. „Ja, du kannst was tun", sagte sie.

Sie streichelte meine Wange, und mir fiel ein, daß sie mich damals, als wir zusammen bei Rick gewesen waren, auf dieselbe Art gestreichelt hatte. Ich spürte ihre Hand auf meiner Haut. Und dann sagte sie: „Fang wieder an zu hoffen."

[Die Gabe Trauer]

Mit Connie war es wirklich bergab gegangen. Vorbei die Zeit, als sie noch mit ihrem Krückstock durch die Gegend gehumpelt war und so getan hatte, als ob es ihr blendend ginge; inzwischen hatte sich ihr Zustand so verschlechtert, daß sie nicht einmal mehr ohne Hilfe aus dem Bett konnte. Und das dauerte schon eine ganze Weile an; Connie war sozusagen im Wartestand.

Joe brachte Miss Kitty auf Besuch mit rüber. Die Ärzte hatten gesagt, das sei schon okay, in dieser Phase käme es da auch nicht mehr drauf an. Connie war überglücklich, ihre Katze wiederzusehen, die ihr so sehr gefehlt hatte. Miss Kitty ging schnurstracks zum Bett und sprang zu Connie hoch. Connie lag jetzt in einem Krankenhausbett im Wohnzimmer, denn nachdem man die dicken Polstersessel hinausgeräumt und nur noch den Fernseher dagelassen hatte, war hier mehr Platz für das Gestell, an dem der Tropf hing, und die ganzen medizinischen Geräte. Und darum freute sich Connie auch so, als Miss Kitty einfach zu ihr aufs Bett gesprungen kam, als ob alles noch ganz normal wäre.

In dieser Nacht ging Joe nicht nach Hause. Am nächsten

Morgen erzählte er Connie, er habe keine andere Wahl gehabt, als bei ihr zu übernachten, weil er sonst Miss Kitty aus ihrem Schönheitsschlaf hätte reißen müssen, um sie heimzubringen zu sich und Tony. Connie ließ ihrem Joe das mit Miss Kitty durchgehen, sie lachte sogar darüber. Und dabei hatte sie bis dahin immer knallhart erklärt, sie wolle nicht, daß Joe oder eines ihrer Kinder zu ihr ziehe und sie pflege. „Die haben alle ihr eigenes Leben“, hatte sie stets gesagt. Doch nun hatten die Ärzte gemeint, Connie müsse jemanden haben, der rund um die Uhr bei ihr sei, und man könne sie unmöglich über Nacht alleine lassen. Aber jemanden einstellen, der dort schlief, das wollte auch keiner, und darum übernachteten Joe und Miss Kitty jetzt im Haus, und Connie erhob keinen Einspruch mehr dagegen. Doch niemand in der Familie hätte jemals gesagt, daß Joe wieder bei ihr „wohnt“. Es hieß immer bloß, er „übernachtet“ dort. Sogar noch, als Tony auch mit eingezogen war.

Jetzt waren Joe und Tony also bei ihr und gingen nur noch zu sich nach Hause, um die Post zu holen oder was zum Anziehen oder so. Sie teilten sich Joes altes Kinderzimmer. Dort stand ein Doppelstockbett. Sie nahmen den oberen Teil ab und stellten ihn neben den unteren. Der Raum war schrecklich vollgestopft, ein Kinderzimmer, in dem jetzt zwei erwachsene Männer lebten. An den Wänden hingen immer noch Joes Fußballposter aus der High School und die Medaillen von seinem Chor, und auf den Bücherborden standen Kinderbücher. Aber sie hatten auch ihre Aktentaschen dort drin und Tonys Handy, und im Schrank waren ihre Krawatten, ihre Anzüge und ihre Budapester mit den schicken Flügelkappen. In dem Zimmer, in dem früher Connie und John geschlafen hatten, wäre viel mehr Platz für ihre Sachen gewesen, aber Joe mochte nicht ins Schlafzimmer seiner Mutter beziehungsweise seiner Eltern ziehen.

Tony und Joe taten alles, damit sich Connie wieder richtig wohl fühlte in ihrem Haus. Sie kochten jeden Abend und aßen zusammen an dem großen Tisch im Eßzimmer. Tony machte seine Aufläufe und sein italienisches Zeug, und Joe bereitete Speisen zu, die sie als Kinder immer gegessen hatten – Schmorbraten und Kartoffelpüree und Bohnen. Einmal machte er sogar Pfannkuchen mit Dianes Sirup. Er holte Connie mit an den Tisch, und dann halfen ihr die beiden, etwas zu essen oder einen Proteindrink zu trinken. Auch Ingrid kam so oft wie möglich. Hatte sie keinen Babysitter, so brachte sie die Zwillinge mit, und während Connie und ihre Kinder und Tony zu Abend aßen, kümmerte ich mich um die beiden.

Ich war praktisch die ganze Zeit dort. Ich kam früh am Morgen, normalerweise wenn die Jungs zur Arbeit gingen. Sie hatten dann schon gefrühstückt und ihr Geschirr selber abgewaschen. Joe war sehr ordentlich und paßte geradezu neurotisch auf, daß ich ja nicht ihre Teller spülte oder ihre Wäsche wusch, sondern mich nur mit Connie befaßte. Er wolle mich nicht „ausnutzen", sagte er immer. Er war wie seine Mutter. Ich sah die Jungs also jeden Morgen, und dann erzählten sie mir, wie es Connie die Nacht über gegangen war – sie schlief schon die meiste Zeit – und ob es irgendwas gab, worauf ich besonders achten oder was ich dem Pfleger sagen sollte. Dann gingen sie zur Arbeit.

Unmittelbar bevor er sich auf den Weg machte, nahm Joe immer seine Kaffeetasse und setzte sich zu Connie aufs Bett und blieb einen Moment bei ihr. Er versuchte, sie dazu zu bringen, daß sie etwas aß oder ihre Medikamente nahm, oder er redete einfach über alltägliche Dinge, Sachen, die in der Zeitung standen, seine und Tonys Arbeit, die Katze, so was halt. Und wenn sie dann los mußten, kam Tony rein und drückte Connie noch mal und gab ihr einen lauten Schmatz auf die Stirn und sagte: „Ciao, Mamma Connie!" oder „Bis heute abend beim Strickunterricht." Tony strickte nämlich immer noch an den Schuhchen für das Baby, das Diane erwartete, und ließ sich von Connie dabei helfen. Connie selber hatte schon eine ganze Weile nicht mehr gestrickt, aber sie fand es zu komisch, daß Tony, dieser Muskelmann, strickte. Sie sagte immer, sie finde es toll, was Tony für eine Energie habe, und einmal, aber da waren die zwei nicht dabei, sagte sie zu mir, sie glaube, daß Tony sehr gut sei für Joe. Jedenfalls war das die Art, wie Tony sich immer von Connie verabschiedete, und Joe beugte sich zu ihr runter und gab ihr einen Kuß auf die Wange und sagte: „Bis heute abend, Mom." Er sagte das so ernst, als ob er Angst hatte, sie könnten sich dann nicht mehr sehen. Und dann lockte Tony Joe weg, weil sie endlich los mußten. Mit Joe ging es auch bergab, nur anders.

Wenn die Jungs weg waren, machte ich Connie frisch, zog ihr ein neues Nachthemd an, wechselte ihre Windel und bezog das Bett und wusch sie mit dem Schwamm, und dann versuchte ich sie dazu zu bringen, daß sie etwas aß oder trank. Sie war immer so froh, wenn sie etwas runterkriegte. Das sei so ein gutes Gefühl im Hals, sagte sie dann jedesmal.

Oft machte sie beim Waschen die Augen zu, und manchmal schlief sie sogar ein. Aber mitunter beobachtete sie auch. Doch nicht meine Hand, mit der ich sie wusch, sondern mich. Das machte mich nervös, und ich überlegte, ob ich aufhören sollte, aber wenn ich sie dann fragte: „Stimmt irgendwas nicht, Connie?“, sagte sie: „Nein, nein, alles bestens, ich wollte bloß sehen.“ Sie beobachtete sorgfältig und liebevoll, weil sie die Dinge in Erinnerung behalten wollte, denn sie wußte ja, daß sie bald gehen mußte.

Connie hatte sich damit abgefunden. Sie selber war so gut wie bereit. Für Joe war es schwerer.

Einmal, als ich ein Tablett mit Essen in die Küche tragen wollte, in der Joe mit Tony war, hörte ich, wie Tony irgendwas von Connies Zimmer sagte und Joe ihn anfuhr: „Verdammt noch mal, das ist nicht *Connies* Zimmer, das ist das Krankenzimmer.“ Ich blieb draußen vor der Tür stehen. Ich hielt das Tablett in den Händen; sie hatte keinen Bissen gegessen. Ich hörte, wie etwas auf einen Schrank gestellt wurde, und dann hörte ich Tony sehr leise sagen: „Joe. Liebster. Joey.“ Und dann fing Joe an zu sprechen, doch ihm versagte die Stimme. Und dann weinte er, und dann war das Weinen gedämpft. Das hieß, daß Tony ihn festhielt und er sich an Tonys Brust ausweinte. Ich hatte sie schon oft so gesehen, wie sie einander umarmten. Ich guckte auf das Tablett. Der Proteindrink zerfiel bereits in kleine weiße Klumpen, die in wäßrigem Gelb schwammen. Unten um das Glas mit dem Preiselbeersaft herum hatte sich eine Lache Schwitzwasser gebildet. Auf den Haferflocken war eine Haut, und man sah noch die Spur des Löffels, der mittlerweile eingesunken war. Dann hörte ich, wie Joe sich die Nase putzte und sagte: „Ist ja okay, ist ja schon wieder okay“ und den Wasserhahn aufdrehte, und da ging ich hinein.

Connie war sehr dünn geworden. Sie lag fast nur noch im Bett.

Fernsehen tat sie kaum mehr, sie lag einfach bloß da und guckte und hing ihren Erinnerungen nach. Ich versuchte jeden Tag, sie dazu zu bringen, daß sie aufstand und sich in einen Sessel setzte oder über den Flur bis zum Badezimmer ging – der Pfleger, der täglich kam, riet mir, unbedingt am Ball zu bleiben –, aber es fiel ihr so schwer. Nach und nach war sie durchgelegen. Ihre Muskeln fühlten sich an wie Kitt oder wie irgendwas in einem Sack. Ihre Haut hing herunter wie Kreppapier. Sie war gelblichgrau und hatte blaurote und weiße Stellen. Wenn ich sie anfaßte, war sie ganz glatt und weich. Manchmal konnte ich es kaum glauben, daß diese Haut noch lebte, daß sie ein Teil von Connie war.

Eines Morgens schlug ich die Decke zurück, um Connie zu waschen, und da sahen ihre Beine so sonderbar aus. Sie kamen mir absolut fremd vor, als ob ich sie noch nie gesehen hätte. Sie sahen entsetzlich aus. Und plötzlich stöhnte Connie. Dieser Laut kam von einem lebendigen Wesen, und da schaute ich ihr ins Gesicht und erinnerte mich, daß sie Connie war, und erkannte ihre Beine wieder. Und dann erinnerte ich mich daran, warum ich hier war, und benetzte ihre Haut mit Wasser und wusch sie.

Von Zeit zu Zeit brachte Ingrid die Zwillinge mit, wenn sie kam. Sie wollte den beiden nichts verheimlichen, aber sie wollte sie auch nicht unbedingt mit der Nase darauf stoßen. Sie waren ja erst neun. Normalerweise benahmen sich die Kinder prima, aber manchmal hatten sie Angst und verhielten sich auch entsprechend. Dann versteckten sie sich hinter Ingrids Rücken, anstatt, wie Ingrid es wollte, mit ihrer Großmutter zu sprechen. Einmal wollte Tina Connie eigentlich einen Gutenachtkuß geben, doch auf halbem Weg zum Bett machte sie kehrt und rannte zu Ingrid zurück und klammerte sich an sie und weinte. Und Jack rührte sich auch nicht von der Stelle. Die Kinder hatten eben nicht gelernt, was alle Welt um sie herum versuchte, nämlich so zu tun, als ob. In diesem Punkt war Ingrid sehr großzügig. Wenn sich die Kinder an sie klammerten, hielt sie sie fest und tröstete sie. Sie redete ihnen so lange gut zu, bis sie keine Angst mehr hatten, und auch mit Connie redete sie und sagte ihr, sie dürfe nicht traurig sein und sich nicht dafür schämen, daß die Zwillinge sich vor ihr fürchteten. Ich war froh, daß Ingrid da war und vermittelte. Aber als sie sich dann umdrehte und nach Hause ging und ich die drei Rücken sah, die Mama flankiert von ihren beiden Kleinen, sah ich plötzlich die Kleinen von Margaret vor mir und stellte mir vor, Tina und Jack wären nicht Connies Enkel, sondern ihre Kinder. Und ich dachte daran, wie es für sie wäre, wenn ihre Mutter krank wäre und sterben würde, solange sie noch so klein waren. Und wie Margarets Mann ohne seine Frau auskommen würde.

Immer bleibt eine Lücke, wenn jemand stirbt. Und immer geschieht es mitten im Leben von anderen Menschen.

Wenn Diane konnte, wollten sie und Bob gleich nach der Geburt des Babys ins Flugzeug steigen und herkommen. Die Wehen konnten jeden Moment einsetzen. Alles hoffte, daß sie ihren Zeitplan einhalten konnten. Connie telefonierte oft stundenlang mit Diane.

Eines Morgens, als ich gerade den Spatel in den Salbentopf

tunkte und Connie den vom Liegen wunden Rücken mit Gel eincremen wollte, sagte sie auf einmal: „Ich hab Glück."

Ich hab gedacht, ich hör nicht recht. „Glück?"

„Ja." Ihre Stimme war ganz dünn.

Ich holte das Gel ganz langsam aus dem Salbentopf, damit ich hören konnte, was sie sagte.

„Ich bin alt", sagte sie. „Ich hab mein Leben gelebt. Ich sterbe ja nicht vor der Zeit."

Ich stand da, mit Gel an den Handschuhen, und rührte mich nicht. Connie drehte sich ein bißchen zur Seite und zog sich das Nachthemd hoch, wie ich es sonst immer machte, wenn ich sie eincremen wollte. Ich zog es ganz nach oben.

„Mir geht's nicht so wie den armen jungen Menschen, die vor ihren Eltern sterben müssen. Das ist tragisch. Daß ein Kind vor den Eltern stirbt, das ist wider die Natur."

Ich verteilte das Gel, das kühl war, und spürte darunter die Wärme ihrer Haut.

„Und außerdem hab ich Glück", fuhr sie fort, „weil ich es weiß, weil ich es schon lange weiß und die Möglichkeit habe, mit allen zu sprechen, sie alle zu sehen und ihnen zu sagen, daß ich sie liebe."

Ich spürte durch die Handschuhe hindurch, wie sich ihre Haut bewegte. Die wunde Stelle war blaurot und weiß und ein paar Zentimeter groß, und sie war wärmer als die übrige Haut.

„Nicht wie bei einem Verkehrsunfall oder einem Herzinfarkt oder irgendwas Plötzlichem, wo niemand drauf vorbereitet ist." Sie holte tief Luft. Ich hielt inne. „John ist an einem Herzinfarkt gestorben ... Da gab es soviel Unerfülltes. Er hat Joe gar nicht mehr als Erwachsenen erlebt. Und Tony hat er auch nur ein einziges Mal gesehen."

Sie drehte den Kopf so herum, daß sie aus dem Fenster gucken konnte. Die Gardinen waren zu. Ich deckte die eingecremte Stelle mit Mull ab und zog Connie das Nachthemd wieder runter und legte ihr die Kopfkissen in den Rücken, daß sie bequem sitzen konnte.

„Soll ich die Gardinen aufmachen?“ fragte ich.

„Ja, danke.“

Ich warf die Handschuhe in den Eimer und zog die Gardinen zurück. Das Licht tat gut. Ich holte ihr ein Glas Wasser und einen Strohhalm. Sie trank einen Schluck und fing wieder an zu sprechen. „Furchtbar ist es, zu sterben, wenn man jemandem böse ist oder wenn ein Mißverständnis nicht mehr aufgeklärt werden konnte. Dann hat der, der weiterlebt, ein schlechtes Gewissen, und es fällt ihm schwer, um den Toten zu trauern. Trauer ist nötig. Man muß die Fähigkeit zum Trauern haben.“

„Ja“, sagte ich, „und Sie, Sie haben diese Fähigkeit.“

Sie leckte sich die Lippen, und ich gab ihr noch ein bißchen Wasser zu trinken und wischte ihr das Kinn ab.

„Aus Johns Tod hab ich eine Menge gelernt“, sagte sie. „Ich wäre froh, wenn er und Joe ihre Meinungsverschiedenheiten hätten beilegen können, bevor John gestorben ist. Ich weiß, sie hätten Verständnis füreinander finden und sich gegenseitig vergeben können.“ Und dann mit zitternder Stimme: „Für Joe war das sehr schwer.“ Ihr Mund bebte.

Ich legte ihr die Hand auf den Arm. „Joe kommt schon zurecht, Connie.“

„Hoffentlich.“

Ich blieb bei ihr, bis sie eingeschlafen war. Als ich dann anfing sauberzumachen, hatte ich so ein merkwürdiges Gefühl in den Händen. Als würde mir innerlich etwas von der Haut herunterbaumeln oder als ob ich etwas an den Fingerspitzen hängen hätte. Es war wie Fasern von Wasserpflanzen, als ob alles unter Wasser wäre, ich selber und Connie und das Atmen und alles, und selbst wenn wir uns nicht berührten, hatte ich dennoch das Gefühl, als würde etwas an mir zerren und sich an meinen Körper drängen wie ein Sog, in dem wir beide schwammen.

Ich erinnere mich an die Spitzengardinen an Connies Fenstern. Sie waren zugezogen, und ich erinnere mich an das dunstige Sonnenlicht auf den Scheiben, und ich erinnere mich, daß ich gedacht habe: „Ich muß endlich mal wieder Fenster putzen."

Ich schloß mit Connies Schlüsselbund auf und ging hinein. Gleich als ich drinnen war, noch bevor ich den Schlüssel aus dem Schlüsselloch gezogen hatte, stand Tony auf dem Flur. „Rufen Sie Ingrid an." Dann war er wieder im Wohnzimmer. Ich ging zum Telefon. Meine Haut war plötzlich feucht, und ich hörte mein Herz klopfen. Ich erinnere mich, wie meine Fingerbeeren die kühlen, glatten Tasten des Telefons drückten. Alles bewegte sich sehr langsam und klar. Das Freizeichen ertönte nur zweimal. Als sie abhob, sagte ich: „Ingrid –", und sie sagte sofort: „Ich bin gleich da." Sie wohnte am anderen Ende der Stadt; bei dem Verkehr würde sie mindestens zwanzig Minuten brauchen, vielleicht sogar eine halbe Stunde. Ich legte den Hörer auf und ging ins Zimmer.

Joe und Tony standen beide an einer Seite des Bettes. Joe hielt Connies Hände fest. Tony stand hinter Joe; seine eine Hand lag auf Joes Rücken, die andere auf Connies und Joes Händen. Connie hatte den Mund offen. Ihre Augen waren groß und guckten beinahe erstaunt. Als Tony mich an der Tür hörte, dirigierte er mich mit dem Kopf auf die andere Seite des Bettes rüber. Ich kam und stellte mich dorthin. Connie zwinkerte sehr schnell, und ihre Augen waren die ganze Zeit weit offen, ihr Mund, ihr Kinn bebte. Ihre Unterlippe war angespannt und weiß. Joe sah Connie an. Und während er sie ansah, nahm er ihre rechte Hand in seine linke und gab sie mir. Ich faßte sie an. Dann nahm Joe Tonys rechte Hand in seine linke, und Tony griff mit seiner freien Hand über das Bett hinweg nach meiner, und so hatten wir den Kreis geschlossen.

Ich fühlte Connies kühle, runde Fingerbeeren und die glatte Fläche ihres Handtellers. Tony drückte meine Hand ganz fest, und ich spürte den Ring, der zu dem von Joe paßt. Tony sah erst Connie und dann Joe an. Connies Mund stand immer noch offen, aber die Augen zwinkerten nicht mehr so schnell. Sie atmete keuchend. Auch Joe hatte den Mund offen, auch sein Kinn bebte, doch er gab keinen Laut von sich. Tony sah wieder Connie an und dann abermals Joe. Und dann atmete er langsam und tief ein und aus, ein und aus. Und dann sagte Tony mit sehr gefaßter Stimme: „Wir sind bei dir, Connie. Du kannst jederzeit loslassen, wann immer du willst."

Aus Connies Kehle kam ein gurgelndes Geräusch. Tony atmete noch einmal tief ein und aus, und dann schloß er die Augen. Ich roch unseren Schweiß und noch etwas, einen leicht süßlichen Geruch. Tony drückte wieder meine Hand, und ich erwiderte den Druck, und dann drückte ich auch Connies Hand. Tony atmete weiter tief und langsam ein und aus. Und dann begann Joe ebenso zu atmen, langsam und tief. Und nachdem Joe eine Weile so geatmet hatte, wurde auch Connies Atem ruhiger und tiefer, und das Gurgeln legte sich.

Joe und seine Mutter sahen einander an. Und nun fand Joe die Sprache wieder. Seine Stimme war sehr gefaßt, genau wie Tonys. „Wir sind hier, Mom, wir sind alle bei dir, auch Ingrid und Diane, und wir lieben dich, Mom, und Dad auch." Er atmete ein und wieder aus und sagte langsam, denn es war ihm sehr, sehr wichtig, daß sie ihn verstand: „Dad ist auch hier, Mom, und dort wird er bei dir sein, und dann ist alles okay, Mom. Es ist alles okay, Mom. Du kannst jederzeit gehen, wann immer du willst. Es ist alles okay."

Connie schloß die Augen, riß sie aber sofort wieder auf. Sie wollte noch nicht aufhören zu sehen.

„Es ist alles okay, Mom", sagte Joe. „Wir sind alle zusammen. Du bestimmst den Zeitpunkt, wann du gehen möchtest, Mom."

Connie sah Joe an, und er erwiderte ihren Blick. Und dann machte sie die Augen zu, und niemand sagte etwas, und nur unser Atmen war zu hören. Joe betrachtete seine ruhende Mutter. Er senkte die Lider.

Dann war es einen Moment ganz still, dann ein Atemzug, dann ein Gurgeln, und Connies Mund sprang auf, und ein Keuchen und ein Rasseln, und dann erschlaffte ihr Kinn und sank herunter, und sie lag reglos da.

Nach einer Weile sagte Joe noch einmal: „Es ist alles okay, Mom. Du bestimmst den Zeitpunkt, wann du gehen möchtest."

Joe hatte immer noch die Augen geschlossen.

Tony sah zu Joe. Als Joe beim Atmen innehielt, sagte er: „Joe, sie ist gegangen."

Doch Joe sagte noch lauter, als wäre Tony ihm ins Wort gefallen: „Es ist alles okay, Mom. Wir sind hier. Es ist alles okay, Mom –" Und dann konnte er nicht mehr weitersprechen, und ihm kamen die Tränen.

„Mach die Augen auf, Joe", sagte Tony, „du mußt hinsehn." Und als Joe nicht reagierte, sagte Tony: „Sie ist gegangen, Joe."

Joe war rot im Gesicht, doch er gab keinen Laut von sich. Er kniff die Augen fest zu. Tony ließ meine Hand los und stellte sich hinter Joe. Er nahm ihn in die Arme und hielt ihn fest und wiegte ihn hin und her. Joe hielt noch immer die Hand seiner Mutter fest und ich immer noch seine andere Hand. Tony half Joe, sich zu seiner Mutter aufs Bett zu setzen. Ich nahm Connies Hand und legte sie in Joes Hand. Joe hielt ihre Hände mit einer Hand fest, aber nur ganz leicht, als ob er wollte, daß sie sich bewegen sollten, doch sie blieben reglos.

Joe hob den Kopf und heulte auf. Es war ein langes, lautes Heulen, wie der Klageschrei eines Tiers. Tony beugte sich zu Joe hinunter und drückte ihn fest an sich. Als Joes Weinen etwas normaler klang, richtete Tony sich wieder auf, und Joe beugte sich vor und senkte den Kopf. Seine Schultern bebten. Tony legte Joe die Hand auf den Rücken.

Nach ein paar Sekunden warf mir Tony einen Blick zu, und wir entfernten uns vom Bett.

Dann kam Ingrid. Sie stand wie erstarrt in der Wohnzimmertür. Tony ging zu ihr und nahm sie in den Arm, und dann führte er sie ins Zimmer. Ingrid kniete sich neben das Bett. Joe faßte nach der Hand seiner Schwester. Sie schmiegten sich mit ihren Köpfen an die Brust ihrer Mutter und weinten.

Tony und ich, wir gingen hinaus. Wir ließen sie allein mit dem Leichnam, und sie trauerten.

Danksagung

Die Gabe Schweiß *erschien erstmals in* Good to Go *(Zero Hour Publications 1994).*
Ich danke der Chicken Soup Brigade *und dem* Home Care Program *der* Fremont Public Association, *zwei Einrichtungen, die Menschen mit Aids und anderen Krankheiten und Behinderungen in Dingen des Alltags Unterstützung gewähren. Ein Zehntel der Einnahmen der Autorin aus der Verwertung dieses Buches geht an* Fremont.
Besonders herzlich danke ich Katherine Ravenscroft.
Dank auch an die MacDowell Colony, *die mir im Herbst 1992 ein Aufenthaltsstipendium gewährte, wodurch ich Zeit und Raum fand, um mit dem Schreiben dieses Buches zu beginnen.*
Ich danke Amy Scholder, Harold Schmidt und Joy Johannessen, daß sie von meiner Arbeit überzeugt waren.
Alles Liebe und nochmals danke, Mom, George und Aldo.
Und Chris Galloway danke ich für die Gabe Herz.

Dieses Buch ist für Claude.

FOLIO VERLAG **Transfer Europa**

Sämtliche Bände 13,5 x 21 cm

David Hume Pinsent **Bd. I**
Reise mit Wittgenstein in den Norden
Franz. Broschur, 200 S., Abb., ISBN 3-85256-006-3

Michael Hamburger **Bd. II**
Die Erde in ihrem langen langsamen Traum. Gedicht
Franz. Broschur, 117 S., ISBN 3-85256-016-0

Pasolini über Pasolini **Bd. III**
Im Gespräch mit Jon Halliday
Franz. Broschur, 184 S., zahlr. Abb., ISBN 3-85256-021-7

Michael Hamburger **Bd. IV**
Wahrheit und Poesie. Spannungen in der modernen Lyrik von Baudelaire bis zur Gegenwart
Franz. Broschur, 352 S., ISBN 3-85256-022-5

Norman Lewis **Bd. V**
Neapel '44. Ein Nachrichtenoffizier im italienischen Labyrinth
Franz. Broschur, 208 S., ISBN 3-85256-029-2

Pier Paolo Pasolini **Bd. VI**
Kleines Meerstück *und* Romàns. Zwei Erzählungen
Franz. Broschur, 144 S., ISBN 3-85256-037-3

Miljenko Jergović **Bd. VII**
Sarajevo Marlboro. Erzählungen
Franz. Broschur, 136 S., ISBN 3-85256-038-1

Michael Hamburger **Bd. VIII**
Traumgedichte
Franz. Broschur, 64 S., ISBN 3-85256-048-9

Pier Paolo Pasolini **Bd. IX**
Lutherbriefe. Aufsätze, Kritiken, Polemiken
Franz. Broschur, 200 S., ISBN 3-85256-050-0

Mladen Vuksanović **Bd. X**
Pale – Im Herzen der Finsternis. Tagebuch 5. 4.–15. 7. 1992
Franz. Broschur, 152 S., ISBN 3-85256-054-3

Claus Gatterer **Bd. XI**
Unter seinem Galgen stand Österreich. Cesare Battisti. Porträt eines Hochverräters
Franz. Broschur, 293 S., ISBN 3-85256-015-2

Miljenko Jergović **Bd. XII**
Karivani. Ein Familienmosaik
Franz. Broschur, ca. 184, ISBN 3-85256-056-X

FOLIO VERLAG **Transfer Europa**

Sämtliche Bände 13,5 x 21 vm

Michael Hamburger **Bd. XIII**
Baumgedichte
Franz. Broschur, 64 S., ISBN 3-85256-064-0

Ivan Lovrenović **Bd. XIV**
Bosnien und Herzegowina. Eine Kulturgeschichte
Franz. Broschur, 240 S., ISBN 3-85256-082-9

Rebecca Brown **Bd. XV**
Annie Oakley's Girl
Hardcover, 153 S., ISBN 3-85256-090-X

Tahar Djaout **Bd. XVI**
Die Wächter. Roman
Hardcover, ca. 170 S., ISBN 3-85256-091-8

Michael Hamburger **Bd. XVII**
Todesgedichte
Hardcover, 144 S., ISBN 3-85256-092-6

Zoran Ferić **Bd. XVIII**
Walt Disneys Mausefalle. Zehn Erzählungen
Hardcover, 139 S., ISBN 3-85256-085-3

Martin Kubaczek **Bd. XIX**
Hotel Fantasie
Hardcover, 132 S., ISBN 3-85256-107-8